O LIVRO DOS
DRAGÕES

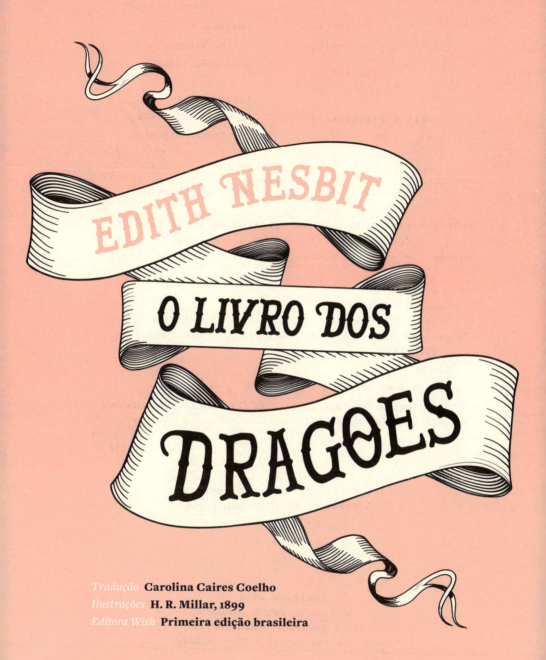

EDITH NESBIT
O LIVRO DOS DRAGOES

Tradução Carolina Caires Coelho
Ilustrações H. R. Millar, 1899
Editora Wish Primeira edição brasileira

TRADUÇÃO	**REVISÃO**
Carolina Caires Coelho	Karine Ribeiro
	e Bárbara Parente
PREPARAÇÃO	
Larissa Salomé	**ILUSTRAÇÕES**
CAPA E DIAGRAMAÇÃO	H. R. Millar, 1899
Marina Avila	*The Strand Magazine*

1ª edição | 2021 | Capa dura | Geográfica

DADOS INTERNACIONAIS DE CATALOGAÇÃO NA PUBLICAÇÃO (CIP)
(Câmara Brasileira do Livro, SP, Brasil)

Catalogação na fonte: Bibliotecária responsável: Ana Lúcia Merege - CRB-7 4667

N 458
Nesbit, Edith
    O livro dos dragões / Edith Nesbit; tradução de Carolina Caires Coelho; prefácio de Laura Brand. - São Caetano do Sul, SP: Wish, 2021.
    224 p.
    ISBN 978-65-88218-54-9

    1. Literatura infantojuvenil I. Coelho, Carolina Caires II. Brand, Laura III. Título

CDD 028.5

ÍNDICE PARA CATÁLOGO SISTEMÁTICO:
1. Literatura infantojuvenil 028.5

EDITORA WISH
www.editorawish.com.br
Redes Sociais: @editorawish
São Caetano do Sul - SP - Brasil

© **Copyright 2021.** Este livro possui direitos de tradução e projeto gráfico reservados e não pode ser distribuído ou reproduzido, ao todo ou parcialmente, sem prévia autorização por escrito da editora.

O LIVRO DOS DRAGÕES

UM O livro das feras.................16

DOIS Tio James.................38

TRÊS Os salvadores da pátria.................64

QUATRO O dragão de gelo.................88

CINCO A ilha dos Redemoinhos.................116

SEIS Os domadores de dragões.................140

SETE O dragão feroz.................166

OITO O gentil Edmund.................190

EXTRAS

Prefácio.................08

Agradecimentos.................212

Apoiadores.................214

PREFÁCIO

A PRIMEIRA MÃE DOS DRAGÕES

Uma história sobre quando Londres foi tomada por detetives notórios, seres mágicos e criaturas fantásticas. Ou quase isso.

By E. Nesbit.

Ao longo da margem norte do rio Tâmisa, corria uma rua cuja história está ligada à própria Londres. O primeiro registro da rua Strand se remete ao ano de 1002, como *strondway*. Do inglês antigo, *strond* significa à beira do rio. A Strand serviu de morada para as classes britânicas mais abastadas entre os séculos XII e XVII, e foi a porta de entrada para imigrantes de diversos lugares da Inglaterra e da Europa. Suas pedras serviram de base para fortalezas feudais e sua presença quase imortal serviu de testemunha da passagem do tempo. E, se existiu um período digno de ser testemunhado, foi a Era Vitoriana.

Durante 63 anos, de 1837 a 1901, a rainha Vitória governou o império inglês. Seu reinado foi um período marcante para a história da Inglaterra e para a literatura como um todo. De um lado, o conservadorismo e o puritanismo inglês atingiam um auge e, do outro, a crescente modernização tecnológica, científica e social abria caminhos rumo a um futuro cada vez mais próximo. A literatura da época representava a transição entre o tradicional e o moderno.

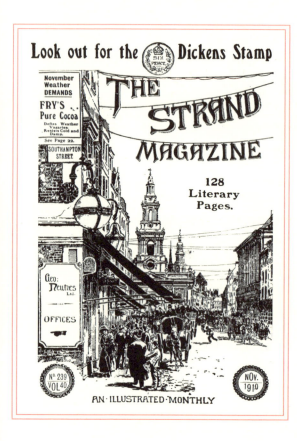

Ao mesmo tempo em que exaltava os gostos e costumes de uma burguesia conservadora e extravagante, a literatura começava a preparar o solo para o crescimento das histórias de fantasia e ficção científica com a alfabetização da classe trabalhadora. A literatura na Era Vitoriana expunha as mazelas da sociedade, mas também abria espaço para que a ficção começasse a tomar conta das histórias da época.

A partir do século XIX, algumas revistas começaram a buscar um público maior, e a linha editorial dessas publicações se transformou. O entretenimento e o lazer se tornaram mais frequentes e, sob a influência da rua que testemunhou, em primeira mão, a carícia do tempo sobre Londres, surge uma revista que marcaria, para sempre, a história das publicações britânicas.

Fundada por George Newnes e editada por H. Greenhough Smith, a *The Strand Magazine* chegou às ruas de Londres em janeiro de 1891. Composta por contos de ficção e artigos de interesse geral, foi uma das primeiras revistas publicadas mensalmente dedicadas à literatura de entretenimento e caprichosamente ilustrada.

A rua que viu a cidade de Londres se transformar ao longo dos séculos seria imortalizada em uma capa ilustrada por George Charles Haité e impressa em dezenas de edições. Assim como a rua que deu nome à revista, a *Strand* serviu de caminho para que histórias incríveis chegassem aos leitores certos e atravessassem o tempo.

Nas páginas da *Strand*, o detetive mais famoso do mundo fez suas primeiras aparições para as grandes massas. Apesar de não ter feito sua estreia literária na revista, foi apenas após a publicação dos contos de Arthur Conan Doyle na *Strand* que Sherlock Holmes conquistou a Inglaterra. As ruas de Londres passaram a ser palco de mistérios que os leitores se arriscavam a tentar resolver a cada edição.

Poucos periódicos podiam se gabar de tal forma dos nomes que assinavam suas páginas. Além das narrativas ficcionais, a *The Strand Magazine* também tinha uma forte seção de não ficção que contou com a contribuição de figuras como Winston Churchill e a própria rainha Vitória.

A primeira tiragem da *Strand* alcançou 300 mil exemplares e, com o tempo, a circulação chegou a meio milhão. Grandes histórias como O *cão dos Baskervilles*, marco nas aventuras de Holmes, e a série de "Hercule Poirot", de Agatha Christie, tiveram seu espaço na revista. Entretanto, uma autora em específico deixou sua marca de forma irrevogável.

Quando sua caneta tocou o papel pela primeira vez, Edith Nesbit escrevia para adultos, mas foram suas histórias para o público jovem que a imortalizaram. Nesbit é considerada a primeira escritora moderna de livros infantojuvenis e a criadora do gênero de aventura dentro das histórias voltadas para o público jovem. Influenciou gerações de outros escritores, incluindo C.S. Lewis e J.K. Rowling, que tiraram de suas obras alguns elementos das histórias mais famosas que conhecemos.

Nascida em 15 de agosto de 1858, em Kennington, na Inglaterra, Nesbit buscou na literatura um escape para seus ideais e sentimentos. Por não poder criar raízes nos lugares por onde passou, não teve uma educação formal e tradicional por um período constante. Com uma infância dividida entre a Alemanha e a Inglaterra, a leitura foi parte fundamental de seu aprendizado.

Edith Nesbit começou sua carreira literária cedo. Com apenas 16 anos teve seu primeiro poema publicado, um prelúdio para uma vida dedicada à escrita. Suas primeiras obras não eram destinadas ao público jovem; pelo contrário, algumas eram histórias de horror ou romances que tratavam dos primórdios do movimento socialista. Seu interesse pelas causas sociais a tornou uma das fundadoras da associação

Fellowship of New Life, que viria a se tornar a Sociedade Fabiana atual, uma associação política de centro-esquerda.

Apesar de não apoiar o movimento sufragista, Edith não permitia ser colocada na posição que a sociedade vitoriana considerava adequada para uma mulher. Recém-saída da adolescência e grávida de sete meses, em 1879, se casou com Hubert Bland, ativista político e escritor. Um escândalo na sociedade vitoriana, o casal seria notório por não se encaixar no puritano padrão da época, vivendo um casamento pouco tradicional, com filhos bastardos por parte de Bland, e tendo uma de suas amantes morando com o casal.

Nesbit fez de sua própria história um deleite para quem buscasse conhecê-la. Suas palavras não seriam tão impactantes e assertivas caso não tivesse despejado ali sua própria experiência. Mãe de quatro filhos, a quem dedicou grande parte de suas poesias, viveu com sua família em uma casa antiga, nos arredores de Londres. As paisagens bucólicas e castelos majestosos de Kent, onde vivia, serviram de inspiração para algumas de suas mais famosas histórias.

Nos últimos anos do século XIX, Nesbit se tornou um fenômeno e produziria mais de 60 livros infantojuvenis sob o pseudônimo andrógino E. Nesbit. Algumas publicações inéditas saíram nas páginas da *The Strand Magazine*, como a série "The Seven Dragons", de 1899, que contempla os sete primeiros contos do livro que você tem em mãos. "O gentil Edmund" ganhou as páginas da revista no mesmo ano e encontrou o espaço perfeito na edição como o oitavo conto de "The Book of Dragons", ou *O Livro dos Dragões*, publicado em 1900 pela Harper & Brothers.

Com uma linguagem acessível e sensível, Nesbit fala sobre sentimentos universais por meio de mundos fantásticos e criaturas mágicas, como os dragões deste livro. Nesbit consegue, com maestria, mergulhar na psicologia da infância e das crianças, ao tratar de mundos e fantasias atraentes o suficiente para servir de escape, mas críveis o bastante para instigar leitores por gerações.

Nesbit publicou sua última história na *Strand* em 1910. Em 1950, após o aumento dos custos para a publicação e a diminuição na circulação, a revista foi descontinuada. A *Strand* e os leitores sentiram o impacto da guerra, e a revista não conseguiu se recuperar. Entretanto, seu conteúdo continua atual a ponto de despertar interesse em leitores, mais de um século depois de sua criação.

Em 1998, uma nova edição passou a ser publicada, dessa vez nos Estados Unidos. Atualmente, a *The Strand Magazine* resgata trabalhos inéditos de grandes autores como F. Scott Fitzgerald, H.G. Wells e John Steinbeck, enquanto investe na publicação de obras originais de mistério, terror e ficção sobrenatural. A nova *Strand* continua instigando leitores e apresentando mundos como o nosso, com um toque mágico a mais.

  A literatura nos permite mergulhar por eras passadas e abre janelas para espiarmos mundos fantásticos que, por alguns instantes, podem nos servir de morada. Edith Nesbit morreu em maio de 1924, mas deixou seu legado na literatura, e sua memória continua viva, seja pelas palavras que escreveu, escritores que inspira ou encantadoras criaturas que ganham vida nas páginas que você lerá. Suas narrativas trazem a pitada certa de magia quando a vida ainda está no limiar entre o real e o fantástico. Pegue uma carona nas asas dos dragões de Nesbit e deixe que eles te levem para um passeio inesquecível!

LAURA BRAND é editora e coordenadora editorial, jornalista e produtora de conteúdo. Graduada em Comunicação Social pela PUC-Minas, especializou-se no trabalho com livros em algumas instituições, dentre elas a *Columbia Journalism School* com o *Columbia Publishing Course*, em Oxford. É completamente apaixonada por livros e acredita que cada página guarda uma história incrível que merece ser contada.

Referências do prefácio: MRS. HUMBERT BLAND ("E. NESBIT"), The Strand Magazine, 1905; VICTORIAN FICTION: E. Nesbit's Children's Stories, Victorian Voices; FITZSIMONS, Eleanor. E Nesbit: JK Rowling identifies with her more than any other writer. The Irish Times, 2019; DIRDA, Michael. A favorite of J.K. Rowling, Edith Nesbit was a pioneer of children's books and so much more.; SIMKIN, John. Edith Nesbit. Spartacus Educational, 1997; The 19th century and the start of mass circulation. Britannica; ABOUT THE STRAND MAGAZINE, The Strand Magazine; The Strand Magazine. The Arthur Conan Doyle Encyclopedia; The Strand Magazine (1891-1950). Omeka; Books in The Strand Magazine. Project Gutenberg.

HISTÓRIA UM

O LIVRO DAS FERAS

EDITH NESBIT

Uma história sobre a magia encontrada nos livros. O jovem Lionel é coroado rei e, na biblioteca do Palácio, encontra diversos livros. Um deles, *O livro das feras*, reserva uma surpresa.

Ele estava construindo um palácio quando as notícias chegaram, e deixou todos os tijolos espalhados pelo chão para que a babá arrumasse, mas as notícias eram, de fato, surpreendentes. Bateram à porta e vozes soaram no andar de baixo. Lionel pensou que era o homem que consertaria o gás, que estava desligado desde o dia em que ele fizera um balanço para brincar, amarrando uma corda no cano do gás.

Então, de repente, a babá entrou e disse:
— Senhor Lionel, meu caro, eles chegaram para buscá-lo para ser rei.

Ela se apressou para trocar a bata, lavar o rosto e as mãos e pentear os cabelos do menino. Enquanto isso, Lionel não parava de se remexer e tentar escapar, dizendo: "Não, babá, não!" e "Sei que minhas orelhas estão bem limpas!" e "Não mexa no meu cabelo, está bom assim!" e "Chega!".

— Quem o vê se remexendo assim pensa que você vai ser uma minhoca, e não um rei — disse a babá.

Assim que ela o soltou por um momento, Lionel escapou sem esperar pelo lenço limpo. Na sala de estar, havia dois cavalheiros sérios com vestes vermelhas de pele e diademas dourados com veludo no topo, como o creme em cima de tortinhas caras de geleia.

Eles fizeram uma reverência a Lionel, e o mais sério disse:

— Senhor, seu tatatatataravô, o rei deste país, faleceu, e agora o senhor precisa ser o rei.

— Sim, senhor, por favor — disse Lionel —, quando começo?

— O senhor será coroado hoje à tarde — respondeu o cavalheiro sério, mas que não parecia tão sério quanto o outro.

— Vocês querem que eu leve a babá? A que horas gostariam de me buscar? Não seria melhor vestir meu paletó de veludo com a gola de renda? — perguntou Lionel, que com frequência saía para tomar chá.

— Sua babá será levada ao palácio mais tarde. Não, não se preocupe em trocar de roupa, você usará as vestes reais.

Os cavalheiros sérios lideraram o caminho até a carruagem com oito cavalos brancos, que estava parada na

O LIVRO DAS FERAS
HISTÓRIA UM

19

frente da casa onde Lionel vivia. Era a de número sete, do lado esquerdo da rua no sentido de quem a subia.

Lionel correu para o andar de cima no último instante, beijou a babá e disse:

— Obrigado por me limpar. Devia ter deixado você limpar a outra orelha. Não... não dá tempo agora. Pode me dar o lencinho. Tchau, babá.

— Tchau, patinho — disse a babá. — Seja um rei bonzinho, não se esqueça de dizer "por favor", "obrigado", lembre-se de passar o bolo para as meninas pequenas, e não repita nenhum prato mais de duas vezes.

Então, Lionel partiu para se tornar rei. Assim como você, ele nunca pensou que um dia seria rei, por isso tudo era muito novo — tão novo que ele nunca tinha nem imaginado. Enquanto a carruagem percorria a cidade, o menino teve que morder a própria língua para ter certeza de que aquilo era real, porque se sua língua fosse real, ele saberia que não vivia um sonho. Meia hora antes, ele estava montando blocos na sala de brinquedos, mas agora as ruas estavam tomadas por bandeiras, as janelas estavam cheias de pessoas que acenavam com lenços nas mãos e jogavam flores, havia soldados vermelhos ao longo das calçadas e todos os sinos das igrejas tocavam sem parar, e como em uma grande canção, aqueles sons se juntavam aos gritos de milhares de pessoas: "Vida longa a Lionel! Vida longa ao nosso reizinho!".

A princípio, ele se sentiu um pouco chateado por não ter vestido suas melhores roupas, mas logo se esqueceu do assunto. Se fosse uma menina, provavelmente teria se importado com isso durante todo o tempo.

Enquanto seguiam, os senhores sérios, que eram o chanceler e o primeiro-ministro, explicavam o que Lionel não entendia.

— Pensei que fôssemos uma república — disse Lionel. — Tenho certeza de que há algum tempo não há nenhum rei.

— Senhor, a morte de seu tatatatataravô aconteceu quando meu avô era um menino — respondeu o primeiro-ministro — e, desde então, seu povo leal tem economizado para comprar uma coroa para o senhor. Um tanto por semana, de acordo com as condições das pessoas; seis centavos por semana para aqueles que têm mais, um centavo para quem têm menos. Como deve saber, é regra que a coroa seja paga pelo povo.

— Mas meu tata-não-sei-quantos-tata-ravô não tinha uma coroa?

— Sim, mas ele a mandou para ser lustrada. Por vaidade, tirou todas as joias e as vendeu para comprar livros. Ele era um homem estranho, era um bom rei, sim, mas tinha seus defeitos, gostava muito de livros. Em seu quase último suspiro, ele mandou a coroa para ser lustrada, mas não viveu o suficiente para pagar a conta do lustrador.

O primeiro-ministro secou uma lágrima, então a carruagem parou e Lionel foi retirado para ser coroado. Ser coroado é muito mais cansativo do que se imagina e, quando terminou, Lionel já vestia as roupas reais havia uma ou duas horas, depois de sua mão ter sido beijada por todos que tinham que beijá-la, estava bem cansado e ficou muito feliz quando entrou na sala de jogos do palácio.

A babá estava ali, com o chá pronto: bolo de sementes e bolo de ameixa, torrada com manteiga derretida e geleia na louça mais linda com flores vermelhas, douradas e azuis, e chá de verdade com xícaras à vontade.

Depois do chá, Lionel disse:

— Acho que quero ler um livro. Pode me trazer um?

— *Benzadeus* — disse a babá. — Você acha que perdeu os movimentos das pernas por ter se tornado rei? Vá, ande e pegue o livro sozinho.

Assim, Lionel foi para a biblioteca. O primeiro-ministro e o chanceler estavam lá e fizeram uma reverência quando Lionel entrou, e estavam prestes a perguntar, com educação, por que diabos ele estava ali, perturbando, quando Lionel gritou:

— Minha nossa! Quantos livros! Eles são seus?

— Eles são seus, Vossa Majestade — respondeu o chanceler. — Eram propriedade do falecido rei, seu tatata...

— Sim, já sei — Lionel o interrompeu. — Bem, vou ler todos. Eu amo ler. Estou tão feliz por ter aprendido a ler.

— Se posso tomar a liberdade de dar um conselho à Vossa Majestade — disse o primeiro-ministro —, eu não leria esses livros. Seu tatata...

— Diga — disse Lionel, depressa.

— Ele era um ótimo rei... Ah, sim, um rei muito superior, a seu modo, mas ele era um pouco... bem, estranho.

— Louco? — perguntou Lionel, brincando.

— Não, não. — Os dois senhores ficaram sinceramente chocados. — Louco não, mas, se posso dizer, ele era... bem...

esperto demais, e eu não gostaria que um reizinho meu tivesse qualquer coisa a ver com seus livros.

Lionel pareceu confuso.

— A verdade é que — o chanceler continuou, torcendo sua barba ruiva de uma maneira agitada — seu tatata...

— Continue — disse Lionel.

— ... era chamado de mago.

— Mas não era?

— Claro que não... era um rei muito importante, seu tata...

— Entendi.

— Mas eu não tocaria nos livros dele.

— Só este — gritou Lionel, apoiando as mãos na capa de um grande livro marrom sobre a escrivaninha.

O exemplar tinha detalhes dourados no couro, além de fechos dourados com turquesas e rubis e cantoneiras douradas, de modo que o couro não se desgastasse depressa demais.

— Vou ver este — disse Lionel. Na capa, com letras grandes, estava escrito: *O livro das feras*.

O chanceler disse:

— Não seja um reizinho tolo.

Mas Lionel já tinha destravado os fechos dourados e aberto na primeira página, onde havia uma bela borboleta toda vermelha, marrom, amarela e azul, pintada de um jeito tão lindo que parecia estar viva.

— Olhem! — Lionel disse. — Não é linda? Por que...

Mas, quando ele disse isso, a bela borboleta bateu as asas coloridas na página velha e amarelada do livro, voou e saiu pela janela.

— Puxa! — disse o primeiro-ministro, assim que conseguiu falar, já que o nó de surpresa tomava sua garganta e tentava enforcá-lo. — Isso é mágica, é sim.

Antes que ele acabasse de falar, o rei já tinha virado a página seguinte, e havia um lindo pássaro brilhante, com todas as suas penas azuis. Embaixo dele, estava escrito: "ave azul do paraíso", e enquanto o rei olhava encantado para a bela imagem, a ave azul bateu as asas sobre a página amarela, abriu-as e voou para fora do livro.

Então, o primeiro-ministro tirou o livro do rei, fechou-o na página em branco na qual a ave estivera, e o colocou em uma estante muito alta. O chanceler deu um bom chacoalhão no rei e disse:

— Você é um reizinho muito danado e desobediente! — E ficou muito bravo mesmo.

— Não acho que causei mal algum— retrucou Lionel. Ele detestava ser chacoalhado, como todos os garotos detestam; preferiria ser estapeado.

— Não causou mal? — disse o chanceler. — Ah, mas o que você sabe a respeito? Essa é a questão. Como sabe o que poderia vir a seguir? Uma cobra ou uma minhoca, uma centopeia ou um revolucionário, ou algo assim.

— Bem, sinto muito se incomodei o senhor — desculpou-se Lionel. — Vamos fazer as pazes e ser amigos de novo. — Então, ele beijou o primeiro-ministro, e eles se sentaram para uma partida de jogo da velha enquanto o chanceler voltava para seus cálculos.

Mas depois que Lionel foi para a cama, não conseguiu dormir porque estava pensando no livro e, quando a lua cheia brilhava forte e intensa, ele se levantou, foi para a biblioteca, subiu na estante e pegou O *livro das feras*.

Lionel o levou para a varanda, onde a luz da lua estava forte como a do dia, abriu o livro, viu as páginas vazias com "borboleta" e "ave do paraíso" na parte de baixo, e então viu a página seguinte. Havia uma criatura vermelha sentada sob uma palmeira, e embaixo estava escrito "dragão". O dragão não se moveu, o rei fechou o livro depressa e voltou para a cama.

Mas, no dia seguinte, ele quis olhar de novo e levou o livro até o jardim. Quando destravou o fecho com rubis e turquesas, o livro se abriu sozinho bem na imagem do dragão, e o sol iluminou a página totalmente. Então, do nada, um grande dragão vermelho saiu do livro, abriu as enormes asas escarlates e voou pelo jardim para os montes distantes. Lionel ficou com a página vazia diante de si, porque a página estava praticamente em branco, exceto pela palmeira verde e o deserto amarelo, e as leves pinceladas de vermelho onde o pincel havia atravessado o contorno a lápis do dragão vermelho.

Foi quando Lionel sentiu que realmente tinha conseguido. Era rei havia menos de vinte e quatro horas, e já tinha soltado um dragão vermelho para atormentar a vida de seus fiéis súditos. E eles vinham economizando por tanto tempo para comprar uma coroa para ele e tudo mais!

Lionel começou a chorar.

O chanceler, o primeiro-ministro e a babá correram para ver o que estava acontecendo. Quando viram o livro, entenderam, e o chanceler disse:

— Seu reizinho danado! Coloque-o na cama, babá, para que ele pense no que fez.

— Talvez, meu senhor, devêssemos primeiro entender exatamente o que ele fez — sugeriu o primeiro-ministro.

Então, Lionel, chorando copiosamente, disse:

— É um dragão vermelho, ele voou para os montes! Sinto muito, ah, por favor, perdão!

Mas o primeiro-ministro e o chanceler tinham coisas mais importantes para pensar do que perdoar ou não o menino. Eles correram para chamar a polícia e ver o que poderia ser feito. Cada um fez o que pôde. As pessoas se dividiram em grupos, montaram guarda e esperaram pelo dragão, mas ele permaneceu lá nos montes, e não havia nada que pudesse ser feito. Enquanto isso, a fiel babá não fugiu de sua obrigação. Talvez ela tenha feito mais do que todo mundo, pois deu um tapa no rei e o colocou na cama sem seu chá, e quando escurecesse, ela não lhe daria uma vela com a qual pudesse ler.

— Você é um reizinho danado, e ninguém vai amá-lo.

No dia seguinte, o dragão continuava calado, mas os súditos mais poéticos de Lionel podiam ver o vermelhão da fera aparecendo entre as árvores verdes. Assim, Lionel colocou a coroa, sentou-se no trono e disse que queria criar algumas leis.

E nem preciso dizer que, apesar de o primeiro-ministro, o chanceler e a babá não considerarem muito o bom senso de Lionel — e ainda que dessem um tapa nele e o mandassem para a cama —, assim que o reizinho se sentou no trono e colocou a coroa na cabeça, tornou-se infalível, o que quer dizer que tudo o que dizia estava certo, e que não tinha como errar. Então, Lionel disse:

— É preciso haver uma lei proibindo as pessoas de abrirem livros nas escolas e em todos os lugares. — E teve o apoio de pelo menos metade dos súditos, e a outra metade, a metade adulta, fingiu pensar que ele tinha razão.

Então, o rei criou uma lei que determinava que todos sempre deveriam ter o suficiente para comer. E isso agradou todo mundo, menos aqueles que sempre tiveram muito.

E depois que diversas outras boas leis foram criadas e estabelecidas, ele foi para casa e fez casas de lama e ficou muito feliz. Lionel disse à babá:

— As pessoas vão me amar agora que criei um monte de boas leis para elas.

Mas a babá respondeu:

— Não conte com isso, meu querido. Você ainda tem que lidar com o dragão.

Bem, o dia seguinte era um sábado. À tarde, o dragão de repente sobrevoou o reino, com sua vermelhidão horrorosa, e levou embora jogadores de futebol, árbitros, traves, bola e tudo.

Então, as pessoas ficaram realmente muito iradas e disseram:

— Deveríamos ser uma república. Economizamos todos esses anos para conseguir sua coroa e tudo mais!

Os sábios sacudiram a cabeça e previram um declínio no amor nacional ao esporte. E, de fato, o futebol não foi nada popular por um tempo depois disso.

Lionel fez o melhor que pôde para ser um bom rei durante a semana, e as pessoas estavam começando a perdoá-lo por deixar o dragão escapar do livro.

— Afinal — disseram —, o futebol é um jogo perigoso, e talvez seja mais inteligente desestimulá-lo.

A opinião geral era de que os jogadores, por serem durões e resistentes, tinham discordado tanto do dragão que ele fugiu para um lugar onde as pessoas só brincavam de cama de gato e com jogos que não os deixavam durões e resistentes.

Ainda assim, o Parlamento se reuniu na tarde de sábado, um horário conveniente para os membros, para tratar da questão do dragão. Mas, infelizmente, o dragão, que estava apenas adormecido, acordou, porque era sábado, e tratou da questão do Parlamento, e não sobrou nenhum membro. Então eles tentaram fazer um novo Parlamento, mas ser um membro tinha, de certo modo, se tornado tão impopular quanto ser jogador de futebol, e ninguém consentiria em

ser eleito, por isso tiveram que seguir sem um Parlamento. Quando chegou o sábado seguinte, todos ficaram um pouco nervosos, mas o dragão vermelho estava bem tranquilo naquele dia e comeu apenas um orfanato.

Lionel estava muito, muito infeliz. Ele sentia que tinha sido sua desobediência que havia causado o problema com o Parlamento, o orfanato e os jogadores de futebol, e achava que era seu dever fazer algo. A pergunta era: o quê?

A ave azul que tinha saído do livro costumava cantar muito bem no rosário do palácio, e a borboleta era muito mansa e pousava no ombro do rei quando ele caminhava entre os lírios altos. Então, Lionel viu que nem todas as criaturas n'O *livro das feras* eram malvadas, como o dragão, e pensou: *E se eu pudesse soltar outra fera que lutasse contra o dragão?*

Assim, ele levou *O livro das feras* ao rosário e abriu a página seguinte àquela em que o dragão estava, mas só um pouco para poder ver qual era o nome. Lionel só conseguiu ver "cora", mas sentiu o meio da página inchando por causa da criatura que estava tentando sair, e de repente teve que colocar o livro no chão e se sentar sobre ele com todo o peso do corpo para conseguir fechá-lo. Então, o rei prendeu os fechos com rubis e turquesas e chamou o chanceler, que estava doente desde sábado e não tinha sido devorado com o restante do Parlamento.

— Que animal termina em "cora"?

O chanceler respondeu:

— O manticora, claro.

— Como ele é? — perguntou o rei.

— É o inimigo declarado dos dragões — disse o chanceler. — Ele bebe o sangue deles. É amarelo, com o corpo de leão e o rosto de homem. Gostaria que tivéssemos alguns manticoras aqui, agora. Mas o último morreu centenas de anos atrás... que azar!

Então, o rei correu e abriu o livro na página onde estava escrito "cora", e ali estava a imagem: o animal todo amarelo, com corpo de leão e rosto de homem, como o chanceler dissera. E sob a foto estava escrito: "manticora".

Em poucos minutos, o manticora saiu sonolento do livro, esfregando os olhos com as mãos e gemendo de um jeito sofrido. Ele parecia bem estúpido, e Lionel o empurrou e disse:

— Vá lutar contra o dragão.

Mas o animal enfiou o rabo entre as pernas e fugiu correndo, indo se esconder atrás da prefeitura. À noite, quando todos estavam dormindo, ele saiu e comeu todos os gatos da cidade. E se lamuriou mais do que nunca. Na manhã de sábado, quando as pessoas estavam um pouco receosas de sair, porque o dragão não tinha hora certa para aparecer, o manticora subiu e desceu as ruas, bebendo todo o leite que restava nas latas nas portas das casas — o leite para o chá — e comeu as latas também.

Depois de acabar com tudo, que já não era muito, pois o leiteiro andava muito abalado, o dragão vermelho desceu a rua procurando o manticora. Este se esquivou quando o viu chegando, pois não era do tipo que afrontava dragões e, por não ver outra porta aberta, a pobre criatura assombrada se refugiou nos Correios, e foi ali que o dragão o viu, tentando se esconder entre as correspondências da manhã. O dragão saltou sobre o manticora, e as correspondências não serviram de proteção. Os gritos foram ouvidos por toda a cidade. Todos os gatinhos e o leite que o manticora havia devorado pareciam ter fortalecido seu miado. Em seguida, fez-se um silêncio triste e, em pouco tempo, as pessoas cujas janelas eram viradas para aquele lado da rua viram o dragão descendo a escada dos Correios cuspindo fogo e fumaça, além de tufos do pelo do manticora e pedaços das correspondências registradas. As coisas estavam ficando muito sérias. Por mais popular que o rei pudesse ser durante a semana, o dragão certamente faria algo no sábado para perturbar a lealdade do povo.

O dragão perturbou durante todo o sábado, menos na hora do almoço, quando teve que descansar sob uma árvore ou teria se incendiado com o calor do sol. Afinal, ele já era bem quente por si só.

Finalmente chegou um sábado em que o dragão entrou no quarto real e levou o cavalinho de brinquedo do rei. Lionel chorou por seis dias, e no sétimo estava tão cansado que teve que parar. Ele ouviu a ave azul cantando entre as rosas e viu a borboleta batendo as asas entre os lírios, e disse:

— Babá, seque meu rosto, por favor. Não vou mais chorar.

A babá limpou e disse que ele não deveria ser um reizinho tolo.

— Chorar nunca ajudou ninguém.

— Não sei — respondeu o reizinho. — Parece que enxergo melhor e que ouço melhor agora que passei uma semana chorando. Mas, babá querida, sei que estou certo, por isso quero um beijo para o caso de eu nunca mais voltar. *Preciso* tentar salvar o povo.

— Bem, se tiver que fazer isso, faça — disse a babá —, mas não rasgue suas roupas nem molhe os pés.

E, assim, ele partiu.

A ave azul cantava mais docemente do que nunca, e a borboleta brilhava com mais intensidade, enquanto Lionel mais uma vez levava *O livro das feras* até o rosário, e o abria muito depressa, antes que sentisse medo ou mudasse de ideia. O livro caiu aberto quase no meio; na parte inferior da página estava escrito: "hipogrifo" e, antes que Lionel tivesse a oportunidade de ver o que era aquela imagem, ouviu um bater de asas e um pisar de cascos, além de um doce, suave e simpático relinchar. Do livro saiu um belo cavalo branco com uma crina muito comprida e branca e uma cauda muito comprida e branca, com asas enormes, como as de um cisne, e os olhos mais suaves e gentis do mundo, e ficou ali entre as rosas.

O hipogrifo esfregou o nariz macio como seda no ombro do reizinho, e este pensou: *Tirando as asas, você se parece muito com meu pobre cavalinho roubado.* A canção da ave azul era muito alta e doce.

Então, de repente, o rei viu no céu a grande e perversa figura do dragão vermelho. Ele logo entendeu o que tinha que fazer. Pegou *O livro das feras* e pulou nas costas do gentil e belo hipogrifo e, inclinando-se, sussurrou em sua orelha branca:

— Voe, querido hipogrifo, voe o mais rápido possível até o aterro.

Quando o dragão os viu partir, virou-se e voou atrás deles, com as asas grandes batendo como nuvens ao entardecer, e as asas amplas do hipogrifo eram brancas como nuvens ao luar.

Quando os súditos na cidade viram o dragão voar atrás do hipogrifo e do rei, saíram de suas casas para olhar. Quando os viram desaparecer, decidiram que o pior aconteceria e começaram a pensar no que vestiriam para o velório.

Mas o dragão não conseguiu alcançar o hipogrifo. As asas vermelhas eram maiores do que as brancas, mas não eram tão fortes, e, assim, o cavalo voou para longe, longe e longe, com o dragão atrás, até chegar ao meio do aterro.

O aterro é como os trechos à beira-mar onde não há areia, só pedras redondas, lisas, e sem grama e nenhuma árvore por centenas de quilômetros.

Lionel saltou do cavalo branco no meio do aterro e rapidamente abriu *O livro das feras* e o colocou sobre as pedras. Então, saltou por entre as pedras na pressa de voltar para o cavalo branco, e havia acabado de montá-lo quando o dragão chegou. Ele voava sem muito ânimo, procurando em todos os lugares por uma árvore, pois já era meio-dia, o sol brilhava como um porquinho-da-índia dourado no céu azul, e não havia nenhuma árvore por centenas de quilômetros.

O cavalo de asas brancas voou circundando o dragão que se contorcia nas pedras secas. Ele estava ficando muito quente; de fato, partes dele tinham até mesmo começado a soltar fumaça. O dragão sabia que certamente se incendiaria em menos de um minuto, a não ser que encontrasse uma árvore. Ele avançou com as unhas rubras na direção do rei e do hipogrifo, mas estava fraco demais para alcançá-los e, além disso, não ousava se esforçar demais por medo de ficar ainda mais quente.

Foi então que ele viu *O livro das feras* sobre as pedras, aberto na página na qual estava escrito "dragão" na parte inferior. Ele olhou e hesitou, olhou de novo e, com um último acesso de ira, entrou na figura e se sentou sob a palmeira, e a página acabou ficando um pouco chamuscada depois que a fera se acomodou.

Assim que Lionel viu que o dragão tinha sido obrigado a se sentar sob sua palmeira porque era a única árvore ali, ele saltou do cavalo e fechou o livro com força.

— Ah, urra! Conseguimos.

Com força, o rei prendeu os fechos de turquesa e de rubis do livro.

— Ah, meu hipogrifo precioso — exclamou. — Você é o mais corajoso, querido, belo...

— Ah — sussurrou o hipogrifo com modéstia. — Não está vendo que não estamos sozinhos?

E de fato havia uma multidão ao redor deles no aterro: o primeiro-ministro, os membros do Parlamento, os jogadores de futebol, os órfãos, o manticora, o cavalinho e todo mundo que tinha sido devorado pelo dragão. Era impossível para o dragão levá-los para o livro com ele — era apertado até mesmo para um dragão —, então, claro, teve que deixá-los do lado de fora.

Todos chegaram em casa de alguma maneira e viveram felizes para sempre.

Quando o rei perguntou ao manticora onde ele gostaria de viver, o animal implorou para voltar ao livro.

— Não gosto da vida pública — disse ele.

Claro que o manticora sabia voltar para sua página; não havia perigo nenhum de ele abrir o livro no ponto errado e soltar um dragão ou coisa assim. Desse modo, o animal voltou para a imagem e não saiu desde então. É por isso que você nunca verá um manticora enquanto viver, exceto em um livro ilustrado. É claro que ele deixou os gatinhos de fora, porque não havia espaço para eles no livro, e também as latas de leite.

Então, o cavalo de pau do rei implorou para poder viver na página do hipogrifo.

— Eu gostaria de viver onde os dragões não possam me alcançar — disse ele.

O belo hipogrifo de asas brancas mostrou o caminho, e o cavalinho ficou lá até que o rei o tirasse para que seu tata-tatataraneto brincasse com ele.

Quanto ao hipogrifo, ele aceitou a posição de cavalo do rei, que estava vaga devido à aposentadoria do cavalinho de madeira. E a ave azul e a borboleta cantam e voam entre os lírios e rosas do jardim do palácio até hoje.

⊢ HISTÓRIA DOIS

TIO JAMES
OU O ESTRANHO ROXO

⊢ EDITH NESBIT

Todos são gentis no Reino de Rotundia, exceto James, o tio da princesa. Quando um dragão roxo aparece no reino, ele vê a oportunidade de se livrar da sobrinha.

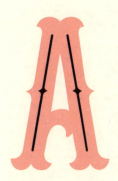princesa e o filho do jardineiro estavam brincando no quintal.

— O que vai fazer quando crescer, princesa? — perguntou o filho do jardineiro.

— Gostaria de me casar com você, Tom — respondeu a princesa. — Você se recusaria?

— Não — disse ele. — Não me recusaria. Podemos nos casar, se você quiser. Se eu tiver tempo.

O filho do jardineiro pretendia, assim que crescesse, ser general, poeta, primeiro-ministro, almirante e engenheiro civil. Enquanto isso, ele era o melhor em todas as disciplinas na escola, principalmente na aula de geografia.

Quanto à princesa Mary Ann, ela era uma menina muito boazinha e todos a amavam. Ela era sempre gentil e educada, mesmo com seu tio James e outras pessoas de quem não gostava muito e, apesar de não ser muito inteligente para uma princesa, sempre tentava fazer suas lições.

Mesmo que você saiba perfeitamente bem que não consegue fazer suas lições, deve tentar, e, às vezes, acaba descobrindo que por um feliz acaso elas *já estão* feitas. A princesa tinha um coração muito bom, era sempre carinhosa com seus animais de estimação. Nunca estapeava seu hipopótamo quando ele quebrava as bonecas com seu jeito brincalhão e nunca se esquecia de alimentar seus rinocerontes no cantinho deles no quintal. O elefante era apegado a ela, e às vezes Mary Ann deixava sua babá bem irritada levando o bichinho querido para a cama com ela, permitindo que ele dormisse com a tromba comprida em seu pescoço e com a bela cabeça perto do ouvido direito real.

 Quando a princesa era boazinha durante toda a semana — pois, como toda criança de verdade, cheia de vida, às vezes ela era levada, mas nunca má —, a babá permitia que convidasse seus amiguinhos

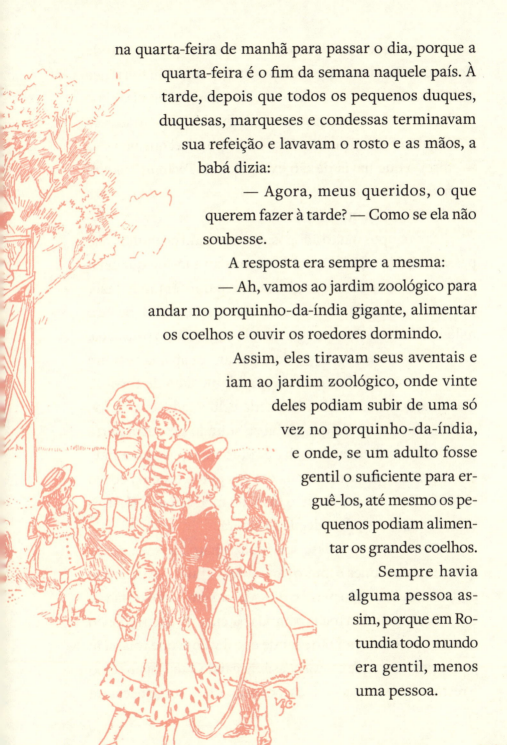

na quarta-feira de manhã para passar o dia, porque a quarta-feira é o fim da semana naquele país. À tarde, depois que todos os pequenos duques, duquesas, marqueses e condessas terminavam sua refeição e lavavam o rosto e as mãos, a babá dizia:

— Agora, meus queridos, o que querem fazer à tarde? — Como se ela não soubesse.

A resposta era sempre a mesma:

— Ah, vamos ao jardim zoológico para andar no porquinho-da-índia gigante, alimentar os coelhos e ouvir os roedores dormindo.

Assim, eles tiravam seus aventais e iam ao jardim zoológico, onde vinte deles podiam subir de uma só vez no porquinho-da-índia, e onde, se um adulto fosse gentil o suficiente para erguê-los, até mesmo os pequenos podiam alimentar os grandes coelhos. Sempre havia alguma pessoa assim, porque em Rotundia todo mundo era gentil, menos uma pessoa.

Agora que você leu até aqui, já sabe que o reino de Rotundia era um lugar excepcional, e se é uma criança atenciosa — como está claro que é —, não vai precisar que eu diga a você qual era a coisa mais excepcional. Mas caso não seja uma criança atenciosa — e é possível que não seja —, direi o que havia de tão excepcional. *Todos os animais eram do tamanho errado!*

E foi assim que aconteceu:

Em tempos muito antigos, quando tudo no mundo não passava de terra, ar, fogo e água, misturados de qualquer jeito como um pudim que girava sem parar tentando fazer com que cada coisa se assentasse em seu lugar, um pedaço redondo de terra se soltou e saiu rolando sozinho pela água, que estava apenas começando a tentar se espalhar em um mar de verdade. Conforme o grande pedaço de terra se afastava, rolando e rolando a toda velocidade, encontrou uma rocha comprida que tinha se soltado de outra parte da mistura molenga. A rocha era tão dura, e estava indo tão depressa, que atravessou com sua ponta todo o pedaço redondo de terra até o outro lado, de modo que as duas se tornaram uma espécie de pião gigante.

Receio que tudo isso seja muito chato, mas você sabe que geografia nunca é muito excitante e, afinal, devo dar um pouco de informação mesmo que seja em um conto de fadas.

Bem, quando a rocha pontuda bateu no pedaço redondo de terra, o choque foi tão grande que fez com que rolassem juntos pelo ar — que estava quase chegando a seu lugar, como o restante das coisas —, mas, por acaso, eles se esqueceram do caminho que estavam seguindo e começaram a girar para o lado errado. Logo, o Centro de Gravidade — um gigante enorme que gerenciava todo o negócio — acordou no meio da terra e começou a resmungar.

— Depressa — disse ele. — Desça e fique quieta, sim?

Assim, a rocha com a parte arredondada de terra caiu no mar, sua ponta entrou em um buraco e se encaixou no fundo pedregoso. Ali, ela rolou do modo errado sete vezes e parou. Aquele pedaço redondo de terra se tornou, depois de milhões de anos, o reino de Rotundia.

Aqui termina a aula de geografia. E agora passamos a um pouco de história natural, de modo que não sintamos que estamos perdendo tempo. A consequência de a ilha ter girado para o outro lado foi que quando os animais começaram a aparecer ali, todos cresceram nos tamanhos errados. O porquinho-da-índia, como você sabe, era grande como nossos elefantes, e o elefante — um bichinho lindo — era do tamanho dos cachorros pretos e marrons, pequenos e tolos que as mulheres carregam às vezes em suas bolsas. Os coelhos eram do tamanho de nossos rinocerontes, e nas partes mais selvagens da ilha eles tinham cavado tocas do tamanho de túneis de estrada. O arganaz, claro, era a maior de todas as criaturas. Não sei dizer o tamanho dele. Mesmo que pensemos em elefantes, não vai ajudar em nada. Felizmente, só havia um dessa espécie, e ele estava sempre adormecido. Caso contrário, não acho que os moradores de Rotundia teriam suportado. Eles fizeram uma casa para o roedor, e isso poupava o gasto de uma banda de metais, porque seria impossível ouvir uma banda quando o arganaz falava enquanto dormia.

Os homens, mulheres e crianças nessa linda terra eram do tamanho certo, porque seus ancestrais tinham vindo com o conquistador muito tempo depois de a terra ter se assentado e os animais se desenvolvido.

Agora terminamos a aula de história natural, e se você prestou atenção, sabe mais sobre Rotundia do que qualquer um, exceto três pessoas: o senhor diretor da escola, o tio da princesa — que era um mágico, e sabia de tudo sem precisar aprender — e Tom, o filho do jardineiro.

Tom havia aprendido mais na escola do que qualquer outra pessoa porque ele pretendia receber um prêmio. O prêmio oferecido pelo senhor diretor da escola foi um exemplar de *História de Rotundia*, lindamente encadernado, com as armas reais na capa. Mas depois daquele dia, quando a princesa disse que pretendia se casar com Tom, o filho do jardineiro pensou bem e decidiu que o melhor prêmio no mundo seria a princesa, e era o prêmio que pretendia ganhar. Quando o filho de jardineiro decide se casar com uma princesa, ele entende que quanto mais aprender na escola, melhor.

A princesa sempre brincava com Tom nos dias em que os pequenos duques e marqueses não apareciam para o chá. Quando ele disse a Mary Ann que tinha quase certeza do primeiro prêmio, ela bateu palmas e disse:

— Caro Tom, meu bom e inteligente Tom, você merece todos os prêmios. Darei a você meu elefante de estimação, pode ficar com ele até nos casarmos.

O elefante de estimação se chamava Fido, e o filho do jardineiro o levou embora no bolso do casaco. Ele era o elefantinho mais lindo que já se viu, com cerca de quinze centímetros de comprimento. Mas era muito, muito esperto — não teria como ser mais esperto nem se fosse mais alto. Fido permaneceu aconchegado no bolso de Tom, e quando o menino o colocou na mão, o elefantinho enrolou a pequena tromba ao redor dos dedos com uma confiança carinhosa, o que deixou o coração de Tom cheio de amor por seu novo animal de estimação. Com o elefante, o afeto da princesa, e sabendo que no próximo dia receberia a *História de Rotundia*, lindamente encadernado, com as armas reais na capa, ele mal conseguiu dormir. Além disso, o cachorro latiu muito. Havia apenas um cachorro em Rotundia — o reino não podia manter mais de um —: era um chihuahua, do tipo que na maior parte do mundo mede apenas dezoito centímetros do focinho até a ponta da cauda, mas em Rotundia ele era maior do que eu posso esperar que você acredite. E quando o cachorro latia, seu latido era tão alto que tomava a noite toda e não deixava ninguém dormir, sonhar, conversar com educação ou qualquer outra coisa. Ele nunca latia para as coisas que aconteciam na ilha — era muito bem resolvido para isso —, mas quando os barcos seguiam pelo escuro, batendo em rochas no fim da ilha, ele latia uma ou duas vezes, só para mostrar aos navios que eles não podiam chegar ali brincando como bem entendessem.

Mas, naquela noite em especial, o cão latiu, latiu e latiu; e a princesa lamentou:

— Ah, meu deus, eu queria que ele não fizesse isso, estou com muito sono.

E Tom disse a si mesmo:

— Eu queria saber qual é o problema. Assim que clarear, vou ver.

Quando a bela luz rosa e amarela do dia começou a brilhar, Tom se levantou e saiu. E o tempo todo, o chihuahua latia tanto que as casas chacoalhavam e as telhas do palácio batiam como latas de leite em uma carroça com um cavalo agitado.

Vou ao pilar, pensou Tom enquanto atravessava a cidade. O pilar, claro, era o topo do pedaço de rocha que tinha se prendido havia milhões de anos em Rotundia, fazendo-a girar para o lado errado. Estava bem no meio da ilha, e era impressionante; quando se estava lá no alto, era possível enxergar até bem longe.

Conforme Tom saía da cidade e passava pelas colinas, ele pensava em como era lindo ver os coelhos na manhã clara, parados com os filhotes na entrada das tocas. Ele não se aproximava muito dos coelhos, claro, porque quando um coelho daquele tamanho brincava, nem sempre olhava para onde estava indo, e poderia muito bem esmagar Tom com o pé, lamentando-se depois. Ele era um bom garoto e não gostaria de fazer mal nem mesmo a um coelho. Em nosso país, lacrainhas costumam sair do caminho quando pensam que serão pisoteadas. Elas também têm corações bons, e não querem ver ninguém triste.

Tom seguiu, olhando para os coelhos e observando a manhã se tornar mais vermelha e dourada. O chihuahua latiu todo o tempo, até os sinos da igreja tocarem e a chaminé da fábrica de maçã ser acionada de novo.

Mas quando chegou ao pilar, ele viu que não precisaria subir ao topo para descobrir por que o cachorro estava latindo.

Ali, perto do pilar, havia um dragão roxo muito grande. Suas asas eram como guarda-chuvas velhos e roxos que já aguentaram muita chuva, e sua cabeça era grande e calva, como o topo de um cogumelo roxo venenoso, e sua cauda, que também era roxa, era muito, muito, muito comprida, fina e firme, como um açoite de carroça.

O animal lambia uma de suas asas roxas de guarda-chuva e, de vez em quando, resmungava e encostava a cabeça no pilar de pedra como se estivesse se sentindo fraco. Tom logo entendeu o que tinha acontecido. Um bando de dragões roxos devia ter cruzado a ilha à noite, e o pobrezinho bateu a asa contra o pilar e a quebrou.

Todos são gentis em Rotundia, e o menino não sentiu medo do dragão, apesar de nunca ter falado com um. Ele sempre os observava sobrevoando o mar, mas nunca pensou que conheceria um pessoalmente.

Então, disse:

— Receio que você não se sinta muito bem.

O dragão chacoalhou sua grande cabeça roxa. Não conseguia falar, mas assim como todos os outros animais, entendia muito bem quando queria.

— Precisa de alguma coisa? — perguntou Tom, educadamente.

O dragão abriu os olhos roxos com um sorriso questionador.

— Um ou dois pãezinhos — disse o menino, delicadamente. — Tem uma bela árvore de pão aqui perto.

O dragão abriu sua grande boca roxa e lambeu os lábios roxos, então Tom correu, chacoalhou a árvore e logo voltou com os braços cheios de pães frescos. Ao se aproximar, pegou também alguns pães doces que cresciam nos arbustos baixos próximos do pilar.

Porque, claro, outra consequência do fato de a ilha ter girado para o lado errado é que todas as coisas que temos que fabricar — pães, bolos e biscoitos — lá crescem em árvores e arbustos, mas em Rotundia eles têm que fazer couves-flores, repolhos, cenouras, maçãs e cebolas, assim como nossos cozinheiros fazem pudins e pastéis.

Tom entregou todos os pães ao dragão, dizendo:

— Aqui está, tente comer um pouco. Você vai se sentir melhor depois que se alimentar.

O dragão comeu os pães, assentiu desajeitadamente, e começou a lamber sua asa de novo. Tom o deixou e voltou para a cidade com as notícias, e todo mundo ficou tão animado para ver um dragão vivo e real na ilha — uma coisa que nunca tinha acontecido antes — que foram lá olhar em vez de ir à premiação, e o senhor diretor da escola foi também. Ele tinha o prêmio de Tom, o livro *História de Rotundia*, no bolso — aquele com capa de couro com as armas reais —, mas o derrubou e o dragão o comeu, então Tom nunca recebeu o prêmio. Mas o dragão, depois de comer, não gostou do livro.

— Talvez seja para o bem — disse Tom. — Eu poderia não ter gostado do prêmio, se o tivesse recebido.

Por acaso era uma quarta-feira, por isso, quando perguntaram aos amigos da princesa o que eles gostariam de fazer, todos os pequenos duques, marqueses e condes disseram:

— Vamos ver o dragão!

Mas as pequenas duquesas, marquesas e condessas alegaram estar com medo.

A princesa Mary Ann disse com elegância:

— Não sejam tolas, apenas em contos de fadas e histórias da Inglaterra e coisas assim que as pessoas são grosseiras e querem ferir umas às outras. Em Rotundia, todo mundo é gentil, e ninguém tem nada a temer, a menos que sejam levados, mas então sabemos que é para nosso próprio bem. Vamos ver o dragão. Precisamos levar umas balas para ele.

Eles foram. Todas as crianças se revezaram para alimentar o dragão com balas, e ele parecia feliz e lisonjeado, e balançava a cauda roxa o máximo que podia convenientemente, pois era uma cauda muito, muito comprida. Mas quando chegou a vez de a princesa dar uma bala ao dragão, ele abriu um grande sorriso e balançou toda a cauda, como se dissesse: *Ah, princesinha gentil e bela*. Mas, no fundo de seu coração roxo malvado, ele estava dizendo: *Ah, sua princesinha fofinha e gordinha, eu gostaria de devorar você, e não essas balas idiotas*. É claro que ninguém o escutou, exceto o tio da princesa, que era um mágico acostumado a ouvir atrás das portas, pois era parte de seu trabalho.

Você vai se lembrar que eu disse que há apenas uma pessoa má em Rotundia, e não posso mais esconder de você que esse malvadão era o James, tio da princesa. Os mágicos sempre são malvados, como você sabe pelos livros de contos de fadas, e alguns tios são malvados, como dá para saber lendo *Babes in the Wood* ou *Norfolk Tragedy*, e um James pelo menos era mau, como você aprendeu na história inglesa. E quando uma pessoa, além de mágico, é tio e se chama James, não tem como esperar nada de bom dela. Esse sujeito é um malvadão ao cubo e não vai fazer nada de bom.

 Havia muito tempo, tio James queria se livrar da princesa e ficar com o reino para si. Ele não gostava de muitas coisas — um bom reino era praticamente a única coisa com que se importava —, mas nunca tinha encontrado uma boa oportunidade, porque todo mundo era muito gentil em Rotundia, a ponto de feitiços do mal não funcionarem; eram inúteis contra os moradores inocentes da ilha. Mas tio James achava que tinha, enfim, encontrado sua chance, porque sabia que finalmente havia duas pessoas maldosas na ilha que podiam apoiar uma à outra: ele e o dragão. Tio James não disse nada, mas trocou um olhar significativo com o dragão, e todo mundo foi para

casa para tomar o chá. Ninguém tinha visto o olhar cheio de significado, exceto Tom.

O menino foi para casa e contou o acontecido a seu elefante. A criatura inteligente ouviu tudo e então saiu do joelho de Tom e foi para a mesa, sobre a qual havia um calendário ilustrado que a princesa tinha dado a Tom como presente de Natal. Com a pequena tromba, o elefante apontou uma data, o dia 15 de agosto, aniversário da princesa, e olhou com ansiedade para seu senhor.

— O que foi, Fido, querido elefantinho? — perguntou Tom.

O animal sagaz repetiu o gesto. Então, o menino compreendeu.

— Ah, alguma coisa vai acontecer no aniversário dela? Certo, vou ficar de olho. — E ele ficou.

A princípio, as pessoas de Rotundia ficaram bem contentes com o dragão que vivia perto do pilar e se alimentava das árvores de pão, mas, aos poucos, ele começou a vagar. A fera entrava nas tocas dos grandes coelhos, e excursionistas, parados nas ladeiras, viam sua cauda comprida como um chicote descendo pelo buraco e desaparecendo, e antes que tivessem tempo de dizer: "Ali vai ele", sua feia cabeça roxa aparecia de outra toca — talvez logo atrás deles — ou ouvia-se um riso baixinho perto de suas orelhas. E a risada do dragão não era feliz. Esse tipo de esconde-esconde divertia as pessoas no começo, mas, aos poucos, começou a irritá-las. Se você não sabe o que isso quer dizer, pergunte à sua mãe na próxima vez em que estiver brincando de cabra-cega quando ela estiver com dor de cabeça. Depois, o dragão passou a ter o hábito de bater a cauda, como as pessoas estalam chicotes, e isso também irritava. Além disso, pequenas coisas começaram a desaparecer. Você sabe como isso é ruim mesmo em uma escola particular; em um reino público é, claro, muito pior. As coisas que sumiam não eram importantes no começo: alguns elefantezinhos, um ou outro hipopótamo e algumas girafas, coisas assim. Não era nada demais, como disse, mas deixaram as pessoas desconfortáveis. Um dia, o coelho preferido da princesa, chamado Frederick, desapareceu misteriosamente, e chegou uma manhã horrorosa na qual o chihuahua desapareceu. Ele vinha latindo desde que o dragão chegara à ilha, e as pessoas acabaram se acostumando com o barulho. Então, quando seus latidos pararam de repente, todos despertaram e saíram para ver o que estava acontecendo. O cachorro tinha desaparecido!

Um garoto foi enviado para acordar a tropa para que saíssem à procura do cão. Mas a tropa também tinha sumido! Os súditos começaram a ficar com medo.

O tio James foi até a sacada do palácio e fez um discurso.

— Amigos, caros cidadãos, não posso esconder de mim ou de vocês que esse dragão roxo é um pobre exilado sem dinheiro, um desconhecido indefeso entre nós e, além disso, ele é um... é um dragão enorme.

As pessoas pensaram na cauda do dragão e disseram:
— Certo, certo.
Tio James continuou:
— Algo aconteceu com um membro gentil e indefeso de nossa comunidade. Não sabemos o quê.

Todos pensaram no coelho chamado Frederick, e resmungaram.

— As defesas de nosso país foram engolidas — disse tio James.

Todos pensaram no pobre exército.
— Só há uma coisa a ser feita. — Tio James estava gostando do assunto. — Poderíamos nos perdoar se, por

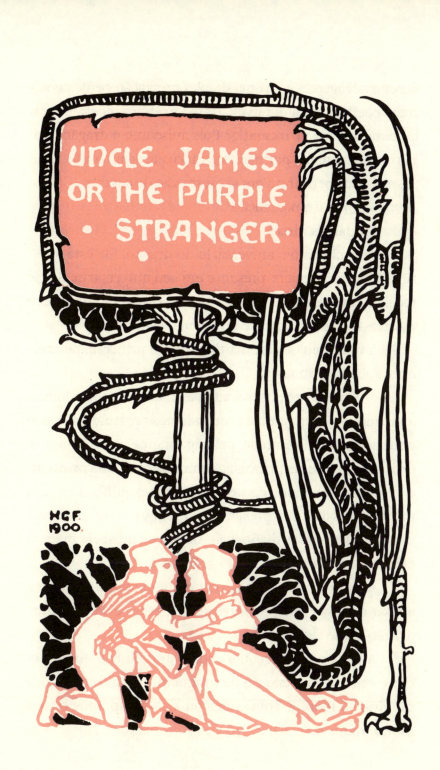

TIO JAMES
HISTÓRIA DOIS
55

sermos negligentes com uma simples precaução, perdêssemos mais coelhos, ou até, talvez, nosso exército, nossa polícia e nossa brigada de incêndio? Pois aviso que o dragão roxo não respeita nada, por mais sagrado que seja.

Todos pensaram em si mesmos e disseram:

— Qual é a precaução?

Tio James disse:

— Amanhã é o aniversário do dragão. Ele está acostumado a receber um presente em seu aniversário. Se ele receber um presente bom, vai voar para longe depressa para mostrá-lo a seus amigos e nunca mais voltar.

A multidão celebrou animada, e a princesa, de onde estava, bateu palmas.

— O presente que o dragão espera — disse tio James, animado — é bem caro. Mas quando nós presenteamos, não pode ser com má vontade, principalmente com visitantes. O dragão quer uma princesa. Temos apenas uma princesa, é verdade, mas longe de nós sermos mesquinhos em um momento assim. Um presente não tem valor, se não custa nada a quem dá. A disposição de vocês de abrir mão da princesa só mostra como são generosos.

A multidão começou a gritar porque adorava a princesa, apesar de saber que precisava ser generosa e dar ao pobre dragão o que ele queria.

A princesa começou a chorar porque não queria ser o presente de aniversário de ninguém — muito menos de um dragão roxo. E Tom começou a chorar porque estava muito irado.

Ele foi direto para casa e contou ao elefantinho. Fido o animou tanto que logo os dois estavam bem focados em um pião que o elefante girava com sua pequena tromba.

De manhã, Tom foi para o palácio. Ele olhou pelo campo — onde quase não havia coelhos brincando naquele momento —, colheu rosas brancas e as jogou na janela da princesa, que acordou e olhou para fora.

— Suba e me beije — disse ela.

O menino subiu pela roseira branca e beijou a princesa na janela, dizendo:

— Muitas felicidades!

Mary Ann começou a chorar e disse:

— Ah, Tom, como pode? Você me conhece tão bem...

— Ah, não — retrucou Tom. — Por que, Mary Ann, minha preciosa, minha princesa... O que acha que vou fazer quando o dragão receber seu presente de aniversário? Não chore, minha pequena Mary Ann! Fido e eu cuidamos de tudo. Você só precisa fazer o que eu mandar.

— Só isso? — perguntou a princesa. — Ah, mas é fácil, já fiz isso muitas vezes!

Tom disse o que ela tinha que fazer. E Mary Ann o beijou muitas vezes.

— Ah, querido, meu bom e esperto Tom. Fico muito feliz por ter lhe dado o Fido. Vocês dois me salvaram. Meus queridos!

Na manhã seguinte, tio James vestiu seu melhor casaco e chapéu, além do colete com serpentes douradas — ele era um mágico, e tinha um gosto peculiar para coletes —, e chegou com um condutor para levar a princesa para passear.

— Venha, presentinho de aniversário — disse ele com carinho. — O dragão vai ficar muito contente. E estou feliz por ver que você não está chorando. Sabe, minha menina, nunca somos jovens demais para aprender a colocar a felicidade dos outros antes da nossa. Não gostaria que minha querida sobrinha fosse egoísta nem que negasse um prazer trivial a um pobre dragão doente, longe de sua casa e de amigos.

A princesa disse que tentaria não ser egoísta.

Naquele instante, o condutor parou perto do pilar, e ali estava o dragão, com sua feia cabeça roxa brilhando ao sol, e sua feia boca roxa meio aberta.

Tio James disse:

— Bom dia, senhor. Trouxemos um pequeno presente de aniversário. Não gostamos de deixar que um dia como este passe em branco, principalmente de um desconhecido. Temos poucos recursos, mas muito amor no coração. Temos apenas uma princesa, mas nós a entregamos a você, não é, minha menina?

A princesa disse que acreditava que sim, e o dragão se aproximou um pouco mais.

De repente, alguém gritou:

— Corra!

Era Tom; ele tinha trazido o porquinho-da-índia do zoológico e duas lebres belgas consigo.

— Para ser justo — disse Tom.

Tio James ficou furioso.

— O que pretende, senhor, ao invadir um evento do Estado com seus coelhos e coisas comuns? Vá embora, seu danado, brinque com eles em outro lugar.

Mas enquanto ele falava, as lebres tinham se aproximado, uma de cada lado dele, cada vez mais altas, e imprensaram tio James, de modo a enterrá-lo e quase engasgá-lo nos pelos grossos. A princesa, enquanto isso, tinha corrido para o outro lado do pilar e espiava para ver o que estava acontecendo. Uma multidão tinha acompanhado o veículo para fora da cidade, e ao chegar à cena do "evento de Estado", todos gritaram:

— Justiça! Justiça! Não podemos voltar atrás em nossa palavra assim. Dar, mas pegar de volta? Ora, não é assim. Deixem o pobre dragão exilado pegar seu presente de aniversário. — E eles tentaram pegar Tom, mas o porquinho-da-índia ficou no caminho.

— Sim — gritou Tom. — A justiça é uma joia. E seu exilado indefeso deve ficar com a princesa, se puder pegá-la. Vamos, Mary Ann.

A princesa olhou ao redor do grande pilar e gritou para o dragão:

— Bu! Você não me pega. — E começou a correr o mais depressa possível.

O dragão foi atrás dela. Depois de correr quase um quilômetro, a princesa parou, passou por trás de uma árvore e correu de volta ao pilar e ao redor dele, com o dragão em seu encalço. Mas ele era tão comprido que não conseguia se virar

com a mesma rapidez que Mary Ann. A princesa deu voltas e voltas no pilar. Na primeira vez, ela correu mais distante, depois, cada vez mais perto — com o dragão atrás dela o tempo todo. A fera estava tão ocupada tentando pegá-la que não notou que Tom tinha amarrado a ponta de sua cauda comprida como um chicote à rocha, de modo que quanto mais voltas o dragão dava, mais ele enroscava a cauda no pilar. Foi exatamente como enrolar um pião — mas o pião era o pilar, e a cauda do dragão era a corda. O mágico estava preso entre as lebres belgas e não conseguia ver nada além de escuridão, nem fazer nada além de se engasgar.

Quando o dragão estava bem preso ao pilar, o mais apertado possível — como linha em um carretel —, a princesa parou de correr e, apesar de quase sem fôlego, conseguiu dizer:

— E agora, quem ganhou?

Isso irritou tanto o dragão que ele usou toda a força para abrir as grandes asas roxas e tentar voar para cima dela. Sua cauda estava presa, mas ele a puxou com tanta força que ela se *soltou*, e o pilar se *soltou* com a cauda, e a ilha se *soltou* com o pilar; logo a cauda estava livre, e a ilha rodava e rodava exatamente como um pião. Rodou tão depressa que todos caíram de cara no chão e se seguraram com força, porque sentiram que algo aconteceria. Todos, menos o mágico, que estava engasgado entre as lebres belgas e não sentia nada além de pelos e fúria.

E algo realmente aconteceu. O dragão havia mandado o reino de Rotundia para longe como deveria ter acontecido no começo do mundo, e conforme o reino girava, todos os animais começaram a mudar de tamanho. Os porquinhos-da-índia ficaram pequenos, e os elefantes ficaram grandes, os homens, as mulheres e crianças também teriam mudado de tamanho se não tivessem tido a ideia de se segurar com força, muita força, com as duas mãos, algo que, claro, os animais não sabiam como fazer. E o melhor de tudo foi que, quando os pequenos animais ficaram grandes e os grandes animais ficaram pequenos, o dragão diminuiu também e caiu aos pés da princesa, uma pequena salamandra roxa com asas.

— Que coisinha engraçada — disse a princesa quando o viu. — Vou ficar com ela como meu presente de aniversário.

Mas enquanto todos se abaixavam e seguravam firme, tio James, o mágico, não se segurou com força — só pensava em como punir lebres belgas e filhos de jardineiros —; assim, quando os grandes animais ficaram pequenos, ele também encolheu, e quando o pequeno dragão roxo caiu aos pés da princesa, viu ali um mágico muito pequeno, chamado tio James. E o dragão o levou porque queria um presente de aniversário.

Assim, todos os animais passaram a ter novos tamanhos, e a princípio pareceu muito esquisito a todos ter grandes elefantes e pequenos arganazes, mas agora já estão acostumados, e não acham mais estranho.

Tudo isso aconteceu há muitos anos, mas, dia desses, vi no *Diário de Rotundia* um relato do casamento da princesa com lorde Thomas Gardener, KED. Pensei que ela não poderia ter se casado com ninguém menos do que Tom, mas acho que o tornaram lorde apenas por causa do casamento, e KED, claro, significa "konquistador esperto do dragão". Se você acha que está errado, é porque não sabe como escrevem em Rotundia. O jornal dizia que entre os belos presentes do noivo para a noiva havia um elefante enorme, sobre o qual o casal fez seu trajeto para a cerimônia. Deve ter sido Fido. Lembre-se de que Tom prometeu devolvê-lo à princesa quando eles se casassem. O *Diário de Rotundia* chamou o casal de "par feliz". Foi inteligente da parte do jornal pensar em chamá-los assim; é uma bela e nova expressão, e acho que é mais real do que muitas das coisas que vemos nos jornais. Porque a princesa e o filho do jardineiro se gostavam tanto que não tinham como não serem felizes, além disso, eles tinham um elefante com o qual podiam se locomover. Se isso não for o suficiente para fazer as pessoas felizes, não sei o que seria. Mas, claro, sei que existem pessoas que só poderiam ser felizes se pudessem navegar em uma baleia, e talvez nem assim. Pessoas assim são gananciosas, do tipo que repete uma sobremesa quatro vezes, provavelmente, coisa que Tom e Mary Ann nunca fizeram.

HISTÓRIA TRÊS

OS SALVADORES DA PÁTRIA

EDITH NESBIT

Em uma cidade tomada por dragões, as pessoas só podem sair de casa à noite, quando as feras se escondem do vento gelado. Cansados da situação, os irmãos Effie e Harry decidem ir atrás da ajuda de São Jorge.

Tudo começou com Effie sentindo algo no olho. Doía muito, parecia uma centelha, só que com pernas também, e asas, como uma mosca. Effie esfregou e chorou — não um choro de verdade, mas daqueles que os olhos choram sozinhos, sem que estejamos tristes —, e foi até o pai para conseguir resolver o problema. O pai de Effie era médico, por isso, é claro que sabia como tirar coisas de olhos, e o fez com muita maestria, com um pincel macio embebido em óleo de rícino.

Depois de tirar o que estava no olho da filha, ele disse:

— Isso é muito curioso.

Effie já tinha sentido coisas dentro do olho antes, e seu pai sempre parecia achar tudo muito natural, meio cansativo, talvez, mas, ainda assim, natural. Nunca tinha dito achar aquilo curioso.

Effie permaneceu ali, segurando o lenço contra o olho, e disse:

— Acho que não saiu. — As pessoas sempre dizem isso depois de sentirem alguma coisa dentro do olho.

— Ah, sim, saiu — disse o médico. — Está aqui, no pincel. É muito interessante.

Effie nunca tinha ouvido o pai dizer aquilo a respeito de nada relacionado a ela. E perguntou:

— O quê?

O médico atravessou com muito cuidado e colocou a ponta do pincel sob um microscópio. Em seguida, girou os botões de metal do aparelho e posicionou um dos olhos no visor.

— Minha nossa — disse ele. — Minha nossa, minha nossa! Quatro membros bem desenvolvidos; uma cauda comprida; cinco dedos nas patas, de tamanhos diferentes, quase como um *Lacertidae*, mas há sinais de asas. — A criatura que ele observava se remexeu um pouco no óleo de rícino, e ele prosseguiu: — Sim, asas parecidas com as de um morcego. Uma nova espécie, sem dúvida. Effie, procure o professor e peça a ele a gentileza de vir aqui um pouquinho.

— Você me deve seis centavos, papai — disse Effie. — Porque eu trouxe a nova espécie. Tomei conta dela muito bem dentro do meu olho, que está doendo agora.

O médico estava tão animado com a nova espécie que deu a Effie uma moeda, e em pouco tempo o professor apareceu e ficou para almoçar. Ele e o médico discutiram animadamente durante toda a tarde a respeito do nome e da família da coisinha que tinha saído do olho de Effie.

Mas, na hora do chá, outra coisa aconteceu. O irmão de Effie, Harry, tirou algo de seu chá, que ele pensou, em um primeiro momento, ser uma lacrainha. Harry estava se preparando para largá-la no chão e acabar com sua vida quando ela se remexeu na colher, abriu as asas molhadas e caiu na toalha de mesa. Ali ficou, movendo as patas e esticando as asas, e Harry disse:

— Puxa! É uma salamandrinha!

O professor se inclinou para a frente antes de o médico poder dizer alguma coisa.

— Vou lhe dar cinquenta centavos por isso, Harry, meu camarada — disse ele, afobado, e pegou-a com cuidado com seu lenço. — É um novo espécime, e melhor do que o seu, doutor.

Era um lagarto minúsculo, com cerca de um centímetro, com escamas e asas.

Assim, o médico e o professor tinham um espécime cada um, e ambos estavam bem animados. Mas logo os espécimes começaram a parecer menos valiosos. Na manhã seguinte, quando o empregado estava limpando as botas do médico, soltou as escovas, a bota e a graxa de repente, gritando que tinha se queimado.

De dentro da bota saiu um lagarto grande como um filhote de gato, com asas largas e brilhantes.

— Nossa! — disse Effie. — Sei o que é. É um dragão como aquele que São Jorge matou.

Effie tinha razão. Naquela tarde, Towser, o cachorro, foi picado no jardim por um dragão do tamanho de um coelho, que ele tentou perseguir; e, na manhã seguinte, todos os jornais estavam tomados pelos "lagartos alados" que apareciam em todas as partes do país. Os jornais não os chamavam de dragões porque, obviamente, ninguém mais acreditava em dragões — e de modo algum os jornais seriam tolos o bastante para acreditar em contos de fadas. A princípio, havia poucos, mas, em uma ou duas semanas, o país estava simplesmente tomado de dragões de todos os tamanhos, e às vezes era possível vê-los voando, numerosos como um enxame de abelhas. Todos pareciam iguais, apenas com tamanhos diferentes. Eram verdes, com escamas, quatro patas, uma cauda comprida e asas grandes como as de morcegos, mas as asas eram claras, meio transparentes e amarelas, como caixas de câmbio de bicicletas.

Eles soltavam fogo e fumaça, como fazem os dragões que se prezam, mas, ainda assim, os jornais continuavam fingindo que não passavam de lagartos, até o editor do *Standard* ser pego e levado por um dragão dos grandes, e, assim, os outros jornalistas não tinham mais ninguém para dizer no que não deveriam acreditar. Quando o maior elefante do zoológico foi levado por uma das feras, os jornais desistiram

de fingir e colocaram "ASSUSTADOR ATAQUE DE DRAGÕES" na manchete do jornal.

Você não tem ideia de como foi assustador, e ao mesmo tempo incômodo. Os dragões grandes eram terríveis, com certeza, mas ao descobrir que as feras sempre iam para a cama cedo por terem medo do vento gelado da noite, as pessoas só tinham que ficar dentro de casa durante o dia para se proteger dos maiores deles. Mas os menores eram muito irritantes. Aqueles do tamanho de lacrainhas entravam no sabão e também na manteiga. Os dragões do tamanho de cães entravam nas banheiras, e o fogo e a fumaça dentro deles faziam com que fumegassem quando a torneira de água fria era aberta, e as pessoas descuidadas acabavam com queimaduras graves. Aqueles do tamanho de pombos entravam em cestos ou gavetas e mordiam as pessoas que tentavam pegar uma agulha ou lenço. Os do tamanho de ovelhas eram mais fáceis de evitar, porque era possível vê-los chegando, mas quando entravam pelas janelas e se encolhiam sob os edredons, só eram encontrados na cama, e era sempre um choque. Os desse tamanho não comiam pessoas, apenas alface, mas sempre chamuscavam os lençóis e as fronhas, inutilizando-os.

Claro, o Conselho do Condado e a polícia fizeram tudo que podia ser feito. Não adiantava oferecer a mão da princesa a quem matasse um dragão. Isso funcionava muito bem no passado, quando havia apenas um dragão e uma princesa, mas agora havia muito mais dragões do que princesas — apesar de a família real ser grande. Além disso, teria sido um desperdício de princesas oferecê-las como recompensa para quem matasse dragões, porque todo mundo matava o máximo de dragões possível e sem prêmios, só para tirar as coisas nojentas do caminho. O Conselho do Condado decidiu cremar todos os dragões entregues em seus escritórios no horário das dez às duas, e enormes carros, carroças e caminhões com dragões mortos podiam ser vistos em qualquer dia da semana em uma fila comprida na rua da sede do Conselho do Condado. Os garotos levavam carroças de dragões mortos, e as crianças que iam para casa depois da aula da manhã passavam e deixavam um punhado ou dois de pequenos dragões que levavam em suas mochilas ou embrulhados em lenços dentro dos bolsos. Mas, ainda assim, parecia haver mais dragões do que nunca. Então, a polícia montou torres enormes de madeira e lonas cobertas com cola forte. Quando as feras voavam de encontro às torres, ficavam logo presas — como moscas e vespas em mata-moscas —, e quando as torres ficavam cobertas de dragões, o delegado ateava fogo, queimando-as com os animais e tudo.

Ainda assim, não paravam de aparecer dragões. As lojas estavam cheias de veneno para dragão, sabão antidragão, cortinas à prova de dragões para as janelas; e, de fato, tudo o que podia ser feito foi feito.

Ainda assim, parecia haver mais perigo do que nunca.

Não era muito fácil saber o que envenenaria um dragão porque, afinal, eles comiam coisas diferentes. Os maiores comiam elefantes se encontrassem algum; senão, optavam por cavalos e vacas. Dragões de determinado tamanho não comiam nada além de lírios do vale, e um terceiro tamanho comia apenas primeiros-ministros se houvesse; caso contrário, alimentavam-se livremente de empregados. Outros dragões comiam tijolos, e três deles comeram dois terços do pronto-socorro South Lambeth em uma tarde.

Mas Effie temia mais os dragões que eram do tamanho de salas de jantar, que comiam menininhas e menininhos.

No começo, Effie e o irmão ficaram muito animados com a mudança em suas vidas. Era muito divertido passar a noite acordados, em vez de dormindo, e brincar no jardim iluminado por lâmpadas. E era muito engraçado ouvir a mãe dizer, quando eles estavam indo para a cama:

— Boa noite, meus queridos, durmam bem o dia todo, não acordem muito cedo. Não devem se levantar enquanto não estiver escuro. Não querem que os dragões peguem vocês.

Mas, depois de um tempo, eles se cansaram de tudo, queriam ver as flores e árvores crescendo nos campos, queriam ver a bela luz do sol entrando pelas portas, e não apenas pelas janelas de vidro e cortinas à prova de dragões. Queriam brincar na grama, o que não podiam fazer no jardim iluminado por lâmpadas por causa do orvalho da noite.

Os irmãos queriam tanto sair, pelo menos uma vez, à luz brilhante, bela e perigosa do dia, que começaram a tentar achar algum motivo para fazer isso. Mas não gostavam de desobedecer à mãe.

Certa manhã, porém, a mãe estava ocupada preparando um novo veneno contra dragões para colocar no porão, enquanto o pai fazia um curativo na mão do ajudante, que tinha sido arranhada por um dos dragões que gostavam de comer primeiros-ministros, quando havia, então ninguém se lembrou de dizer para as crianças não se levantarem enquanto não estivesse escuro.

— Vamos agora — disse Harry. — Não seria desobediência. Sei exatamente o que devemos fazer, mas não sei como devemos fazer.

— O que devemos fazer? — perguntou Effie.

— Devemos despertar São Jorge, claro. Ele era a única pessoa na cidade que sabia lidar com os dragões; as pessoas dos contos de fadas não contam. Mas São Jorge é uma pessoa de verdade e só está dormindo, esperando para ser despertado. Só que ninguém acredita nele agora. Ouvi papai dizer isso.

— Nós acreditamos — disse Effie.

— Claro que acreditamos. E você não vê, Ef, que esse é o motivo pelo qual poderíamos acordá-lo? Não se pode acordar uma pessoa em quem não se acredita, certo?

Effie respondeu que não, mas onde eles poderiam encontrar São Jorge?

— Precisamos sair e procurar — disse Harry bravamente. — Você deve usar um casaco à prova de dragões, feito do mesmo material das cortinas. E eu vou me lambuzar com o melhor veneno contra dragões, e...

Effie bateu palmas, pulou de alegria e gritou:

— Ah, Harry! Eu sei onde podemos encontrar São Jorge! Na igreja de São Jorge, claro.

— Hum — disse Harry, pensando que queria ter tido aquela ideia. — Você tem boas ideias de vez em quando, para uma menina.

Assim, na tarde seguinte, bem cedo, bem antes de os raios de sol anunciarem a chegada da noite, quando todos estariam acordados e trabalhando, as duas crianças saíram da cama. Effie se cobriu com um xale de musselina antidragões — não havia tempo para fazer uma capa — e Harry se lambuzou inteiro com o forte veneno para dragões. Diziam não fazer mal a crianças e pessoas inválidas, por isso ele se sentiu seguro.

Então, os dois deram as mãos e começaram a caminhar em direção à igreja de São Jorge. Como você sabe, existem muitas igrejas de São Jorge, mas felizmente eles pegaram o caminho que levava à certa, e andaram sob o sol forte, sentindo-se muito corajosos e aventureiros.

Não havia ninguém nas ruas, apenas dragões, e elas estavam lotadas deles. Felizmente, nenhum dos dragões era do tamanho dos que comiam menininhos e menininhas, ou esta história poderia terminar aqui. Havia dragões na calçada, dragões no meio da rua, dragões deitados nos degraus de entrada de prédios públicos e dragões abrindo as asas sobre os telhados sob o sol quente da tarde. A cidade estava verde, da cor deles. Mesmo quando as crianças saíram da cidade e caminharam pelas estradas de terra, notaram que os campos de ambos os lados estavam mais verdes do que o normal, com as patas e caudas escamosas, e alguns dos dragões menores haviam feito ninhos com galhos e ramos.

Effie segurava a mão do irmão com muita força, e uma vez, quando um dragão gordo bateu em sua orelha, ela gritou, fazendo um bando inteiro surgir do campo e alçar voo. As crianças conseguiam ouvir o bater de suas asas enquanto eles voavam.

— Ai, eu quero ir para casa — disse Effie.

— Não seja tola — respondeu Harry. — Com certeza você se lembra dos Sete Campeões e de todos os príncipes. Os futuros salvadores de seus países nunca gritam nem dizem que querem ir para casa.

— E somos... somos salvadores?— perguntou Effie.

— Você vai ver — disse o irmão, e eles seguiram em frente.

Quando chegaram à igreja de São Jorge, encontraram a porta aberta e entraram direto, mas São Jorge não estava ali, então deram a volta pelo pátio e logo encontraram seu grande túmulo de pedra, com a imagem dele gravada no mármore, usando seu escudo e capacete, com as mãos dobradas sobre o peito.

— Como faremos para acordá-lo? — perguntaram-se. Então, Harry falou com São Jorge, mas ele não respondeu; Harry chamou, mas São Jorge aparentemente não ouviu; então Harry tentou despertar o matador de dragões chacoalhando seus ombros de mármore. Mas São Jorge nem notou.

Effie começou a chorar, passou os braços ao redor do pescoço de São Jorge da melhor maneira que pôde — pois era de mármore e muito grande—, beijou a face de pedra, e disse:

— Ah, meu querido e bondoso São Jorge, por favor, acorde e nos ajude.

Com isso, São Jorge abriu os olhos com sonolência, espreguiçou-se e perguntou:

— O que foi, menininha?

As crianças contaram tudo a ele, que se virou no mármore e se apoiou em um cotovelo para ouvir. Mas quando soube que havia tantos dragões, balançou a cabeça.

— Isso não é bom, eles são muitos para um único e velho Jorge. Vocês deveriam ter me acordado antes. Eu sempre gostei de uma briga boa e justa. "Um homem, um dragão" era meu lema.

Naquele instante, um bando de dragões passou voando, e São Jorge puxou um pouco a espada.

Mas voltou a chacoalhar a cabeça e a guardou quando o bando se afastou.

— Não posso fazer nada — disse ele. — As coisas mudaram muito desde a minha época. Santo André me contou a respeito. Ele foi acordado por causa da greve de engenheiros e veio falar comigo. Disse que tudo é feito por máquinas agora. Deve haver uma maneira de resolver esse problema dos dragões. A propósito, como anda o clima ultimamente?

Aquilo pareceu tão displicente e indelicado que Harry não respondeu, mas Effie disse com muita paciência:

— Tem sido muito bom. Meu pai diz que é o clima mais quente que este país já viu.

—Ah, eu imaginei — disse o santo, de modo pensativo. — Bem, a questão é que dragões não suportam umidade e frio, só isso. Se vocês conseguissem encontrar as torneiras...

São Jorge estava começando a se acomodar de novo sobre a base de pedra.

— Boa noite, sinto muito não poder ajudar — disse ele, bocejando com a mão de mármore à frente da boca.

— Ah, mas pode sim — retrucou Effie. — De que torneiras está falando?

— Como as de banheiro — respondeu São Jorge, ainda mais sonolento. — E tem um espelho também. Mostra o mundo todo e o que está acontecendo. São Denis me contou sobre isso, disse que é algo bem bonito. Desculpem-me por não poder... Boa noite.

E voltou ao mármore, adormecendo depressa.

— Talvez nunca encontremos as torneiras — disse Harry. — Não seria terrível se São Jorge acordasse quando houvesse um dragão por perto, do tamanho dos que comem campeões?

Effie tirou o xale à prova de dragão.

— Não vimos nenhum dragão do tamanho da sala de jantar enquanto vínhamos. Acho que estamos seguros.

Então, a menina cobriu São Jorge com o véu, e Harry esfregou o máximo que conseguiu do veneno de dragão em sua armadura, de modo a deixá-lo bem protegido.

— Podemos nos esconder na igreja até escurecer — disse o garoto —, e então...

Mas, naquele momento, uma sombra escura caiu sobre os irmãos, e eles viram que se tratava de um dragão exatamente do tamanho da sala de jantar.

Foi assim que souberam que tudo estava perdido. O dragão voou baixo e pegou as duas crianças com suas garras, prendeu Effie pela faixa verde de seda e Harry pela ponta das costas da jaqueta. Então, abrindo as grandes asas amarelas, ganhou altura, chacoalhando como uma carruagem desengonçada quando o freio está acionado.

— Ah, Harry — disse Effie —, quero saber quando ele vai nos comer! — O dragão estava voando por matas e campos batendo suas grandes asas, avançando um quarto de milha a cada movimento.

Harry e Effie conseguiam ver o campo lá embaixo; os arbustos, rios, igrejas e casas de fazenda fluindo por baixo deles, muito mais rápido do que a paisagem nas janelas do trem mais veloz.

E a fera continuou voando. As crianças viram outros dragões no ar conforme seguiam, mas o dragão grande como a sala de jantar não parou para conversar com nenhum deles, simplesmente continuou voando.

— Ele sabe aonde quer ir — disse Harry. — Ah, se ele nos largasse antes de chegar lá!

Mas o dragão segurou forte e continuou voando e voando até que, por fim, quando as crianças já estavam tontas, pousou com um arrepio em todas as suas escamas, no topo de uma montanha. E ficou ali deitado de lado, com o corpo escamoso, cansado e ofegante, porque tinha percorrido um longo caminho. Mas suas garras logo agarraram a faixa de Effie e a parte de trás da jaqueta de Harry.

Então, Effie pegou a faca que Harry lhe dera de aniversário. Custara apenas seis centavos, ela só a tinha havia um mês, e até então só a usara para apontar seu lápis, mas, de alguma forma, a menina conseguiu cortar a frente de sua faixa e escapou, deixando o dragão apenas com um laço verde de seda em uma de suas garras. A faca nunca cortaria a jaqueta de Harry, e depois de Effie tentar por um tempo, ela entendeu e desistiu. Mas, com sua ajuda, Harry conseguiu tirar discretamente os braços das mangas, de modo que o dragão ficou apenas com uma jaqueta em sua outra garra. Então as crianças andaram nas pontas dos pés até uma rachadura nas rochas e entraram nela. Era estreita demais para o dragão, por isso eles ficaram ali dentro e esperaram para fazer caretas para o animal quando ele se sentisse descansado o suficiente para se sentar e começar a pensar em comê-los. O dragão ficou irritado de verdade quando os irmãos fizeram caretas, e soprou fogo e fumaça em cima deles, que correram ainda mais para dentro da caverna para que as chamas não os alcançassem, até que a fera se cansou de soprar e foi embora.

Mas eles estavam com medo de sair da caverna, por isso entraram ainda mais fundo. Logo a gruta se abriu e ficou maior, com o chão de areia fofa. Quando eles chegaram à outra ponta, havia uma porta na qual se lia: CÂMARA UNIVERSAL DAS TORNEIRAS. PRIVADO. PROIBIDA A ENTRADA.

Então, abriram a porta de uma vez apenas para espiar, e se lembraram do que São Jorge havia dito.

— Não podemos ficar pior do que estamos com um dragão nos esperando do lado de fora — disse Harry. — Vamos entrar.

Os irmãos entraram cheios de coragem na câmara e fecharam a porta.

Eles se encontraram em um tipo de sala escavada na rocha sólida; ao longo de um lado do cômodo havia torneiras, e cada torneira tinha um rótulo de porcelana, como vemos em banheiras. Como os dois já conseguiam ler palavras de duas sílabas — até de três, às vezes —, logo entenderam que tinham chegado ao lugar onde o clima era controlado. Havia seis grandes torneiras nas quais se lia "sol", "vento", "chuva", "neve", "granizo", "gelo" e um monte de outras menores onde estava escrito "leve a moderado", "chuva constante", "vento cortante", "bom clima para plantações", "tranquilo", "tempo aberto", "vento fraco", "vento intenso", e assim por diante. A torneira grande na qual se lia "sol" estava totalmente aberta. Não dava para ver o sol — a caverna estava iluminada por uma claraboia de vidro azul —, por isso eles achavam que a luz do sol entrava de outra maneira, como acontece com a torneira que lava as partes embaixo de pias nas cozinhas.

Então, viram que um lado do cômodo era coberto por um enorme espelho, e quando se olhava por ele, dava para ver tudo que estava acontecendo no mundo — de uma só vez, diferente da maioria dos espelhos. Eles viram as carruagens entregando os dragões mortos nos escritórios do Conselho do Condado e São Jorge dormindo coberto pelo xale à prova de dragões. Viram a mãe em casa chorando porque os filhos tinham saído durante o dia, quando era perigoso e assustador, e ela temia que um dragão os tivesse comido. Viram toda a Inglaterra, como um grande mapa de quebra-cabeça: verde nas partes dos campos, marrom nas cidades e preto nos lugares onde produziam carvão, metais e químicos. Em toda a sua extensão — nas partes escuras, nas

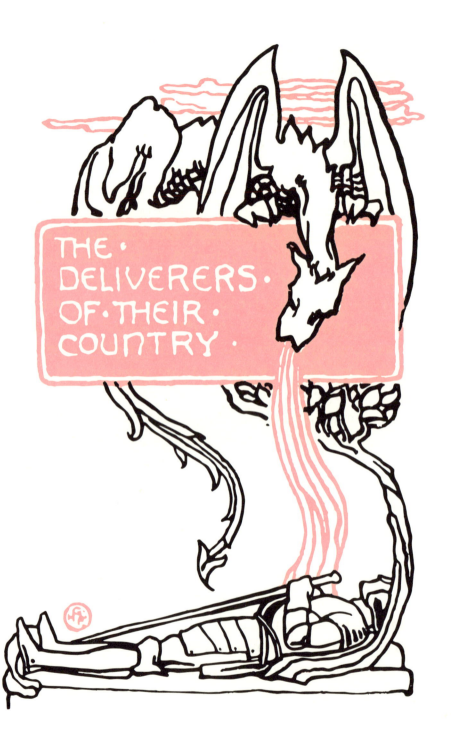

82 O LIVRO DOS DRAGÕES
EDITH NESBIT

marrons e nas verdes — havia uma rede de dragões verdes. Eles perceberam que ainda era dia, e nenhum dragão tinha ido dormir.

Effie disse:

— Os dragões não gostam do frio. — E ela tentou desligar o sol, mas a torneira estava quebrada, e era por isso que o clima andava tão quente e os dragões tinham conseguido ser chocados. Eles deixaram a torneira do sol de lado, acionaram a neve e deixaram a torneira aberta enquanto olhavam pelo espelho. Então viram os dragões voando por todos os lados, como formigas correriam se você fosse cruel o suficiente para despejar água em um formigueiro, o que, claro, você não é. E a neve caiu mais e mais.

Então, Effie abriu a torneira da chuva totalmente, e logo os dragões começaram a se remexer menos, alguns deles ficaram parados, de modo que as crianças souberam que a água tinha apagado o fogo dentro deles, e que estavam mortos. Depois, ligaram o granizo — apenas um pouco, por medo de quebrarem os vidros das pessoas, e, depois de um tempo, não havia mais dragões se movendo.

Então as crianças souberam que eram realmente as salvadoras da pátria.

— Eles farão um monumento a nós — disse Harry —, tão alto quanto o de Nelson! Todos os dragões morreram.

— Espero que aquele que estava esperando do lado de fora tenha morrido! — disse Effie. — E sobre o monumento, Harry, não sei bem. O que eles podem fazer com tantos dragões mortos? Demoraríamos anos e anos para enterrá-los, e eles não poderiam ser queimados agora que estão encharcados. Queria que a chuva os levasse para o mar.

Mas isso não aconteceu, e as crianças começaram a sentir que não tinham sido tão espertas assim.

— Para que serve essa coisa velha? — perguntou Harry.

Ele encontrara uma torneira enferrujada, que parecia não ser usada havia muito tempo. Sua porcelana estava coberta por poeira e teias de aranha. Quando Effie a limpou com um pedaço de sua saia — porque curiosamente as duas crianças tinham saído sem lenços de bolso —, ela descobriu que no azulejo estava escrito "dejetos".

— Vamos abri-la — disse a menina. — Pode ser que leve os dragões embora.

A torneira estava muito dura por não ser usada por muito tempo, mas, juntos, eles conseguiram abri-la, e então correram até o espelho para ver o que estava acontecendo.

Um grande buraco redondo se abrira no meio da Inglaterra, as laterais do mapa estavam formando orelhas, e a chuva escorria em direção ao buraco.

— Ah, oba, oba, oba! — gritou Effie, e correu de volta às torneiras e abriu tudo o que parecia molhado. "Chuva", "tempo aberto", "tempo bom para as plantações", e até "sul" e "sudeste", porque ela tinha ouvido seu pai dizer que os ventos do sul e do sudeste traziam chuva.

Um dilúvio começou a cair sobre o país, formando rios que fluíam em direção ao centro do mapa, desaguando em cataratas no grande buraco, e os dragões estavam sendo levados e desaparecendo pelo cano de dejetos em grandes massas verdes e cardumes esparsos — dragões sozinhos e dragões

em grupo, de todos os tamanhos, desde aqueles que comiam elefantes até aqueles que entravam no chá das pessoas.

    Não sobrou nem um dragão. Por isso, eles fecharam a torneira na qual se lia "dejetos", e abriram um pouco aquela na qual se lia "sol" — estava quebrada, de modo que eles não conseguiram fechá-la totalmente — e a "leve a moderado" e "chuva", e as duas ficaram emperradas, de modo que não podiam ser fechadas, o que explica nosso clima.

Como eles voltaram para casa? Pela ferrovia Nevasca, claro.

A nação ficou agradecida? Bem, a nação ficou muito molhada. E quando a nação ficou seca de novo, estava mais interessada na nova máquina elétrica de assar muffins, e os dragões já haviam sido quase esquecidos. Dragões não parecem muito importantes quando estão mortos e extintos, e, sabe, nunca houvera a oferta de uma recompensa.

E o que a mãe e o pai disseram quando Effie e Harry chegaram em casa?

Meu caro, esse é o tipo de pergunta tola que vocês, crianças, sempre fazem. No entanto, desta vez, não vou me importar em contar.

A mãe disse:

— Ah, meus queridos, meus queridos, vocês estão a salvo... estão a salvo! Seus danadinhos... Por que foram tão desobedientes? Já para a cama!

E o pai deles, o médico, disse:

— Queria ter sabido que vocês iam fazer isso! Eu teria preservado um espécime! Joguei fora aquele que tirei do olho de Effie. Pretendia conseguir um em perfeito estado. Não pensei que a espécie seria extinta tão imediatamente.

O professor não disse nada, mas esfregou as mãos. Havia mantido seu espécime — aquele do tamanho de uma lacrainha que comprou de Harry —, e o tem até hoje.

Você precisa pedir para ele lhe mostrar!

HISTÓRIA QUATRO

O DRAGÃO DE GELO
OU FAÇA O QUE MANDAREM

EDITH NESBIT

Dois irmãos muito levados embarcam em uma mágica aventura gelada para chegar ao Polo Norte.

Esta é a história das maravilhas ocorridas na noite de 11 de dezembro, quando eles fizeram o que mandaram que não fizessem. Você acha que sabe de todas as coisas desagradáveis que podem acontecer se for desobediente, mas há algumas coisas que não sabe, e eles também não sabiam.

Seus nomes eram George e Jane.

Não houve fogos de artifício naquele ano no Dia de Guy Fawkes, porque o herdeiro ao trono não estava bem. Seu primeiro dente estava nascendo, e esse é um período de muita ansiedade para qualquer pessoa — até para alguém da realeza. Ele estava mesmo muito mal, de modo que os fogos de artifício já teriam sido de muito mau gosto em lugares como Land's End ou na Ilha de Man; em Forest Hill, então, que era a casa de Jane e George, qualquer coisa do tipo estava fora de questão. Mesmo o Palácio de Cristal, cabeça de vento como era, sentia que não era hora para fogos.

Mas depois que o dentinho do príncipe nasceu, as comemorações não eram apenas admissíveis, mas bem-vindas, e o dia 11 de dezembro foi proclamado dia de fogos de artifício. Todos estavam bem ansiosos para demonstrar sua lealdade e para se divertir ao mesmo tempo. Então houve fogos de artifício; procissões com tochas; apresentações no Palácio de Cristal, com "Bênçaos ao príncipe" e "Vida longa à nossa querida realeza" escritos em fogos de diferentes cores; a maior parte dos colégios internos decretaram feriado de meio dia; e mesmo os filhos de encanadores e escritores receberam dois centavos para gastar como quisessem.

George e Jane ganharam seis centavos cada, e gastaram todo o dinheiro em uma chuva dourada, que demorou muito tempo para acender e quando, por fim, acendeu, apagou-se quase que imediatamente, então eles tiveram que admirar os fogos de artifício dos jardins vizinhos e os do Palácio de Cristal, que eram, de fato, muito gloriosos.

Todos os seus parentes estavam resfriados, então Jane e George tiveram permissão para ir ao jardim sozinhos soltar os fogos de artifício. Jane tinha vestido capa de pele, luvas grossas e capuz de pelo de raposa feito com um velho agasalho da mãe. George usava sobretudo de três camadas, um cachecol de lã e o gorro de viagem de pele de foca do pai com protetores de orelha.

Estava escuro no jardim, mas os fogos de artifício ao redor tornavam tudo radiante. Apesar de as crianças estarem com frio, sem dúvida estavam se divertindo.

Elas subiram na cerca no fim do jardim para enxergar melhor e viram, muito longe, na beira do mundo escuro, uma linha brilhante de belos feixes de luz organizados em uma fileira, como se fossem as lanças carregadas por um exército de fadas.

— Ah, que lindo — disse Jane. — Gostaria de saber o que são. Parece que as fadinhas estão plantando pequenas árvores brilhantes e regando-as com luz líquida.

— Bobagem líquida! — debochou George. Ele tinha frequentado a escola, por isso sabia que era apenas a aurora boreal, ou as luzes do norte. E explicou para a irmã.

— Mas o que é a *abóbora real*, como se diz? — perguntou Jane. — Quem a acende e para que serve?

George teve que admitir que não tinha aprendido aquela parte.

92 O LIVRO DOS DRAGÕES
EDITH NESBIT

— Mas eu sei que tem algo a ver com a Ursa Maior, o Grande Carro, o Arado e a Carroça de Charles.

— E o que são essas coisas? — perguntou Jane.

— Ah, são os nomes de algumas das famílias das estrelas. Ali vai um rojão animado — respondeu George, e Jane sentiu como se quase entendesse sobre as famílias de estrelas.

As lanças de fadas de luz brilhavam muito, eram muito mais lindas do que a fogueira grande, potente e incandescente que soltava fumaça, faíscas e estalava no jardim ao lado, mais lindas do que até mesmo os fogos coloridos do Palácio de Cristal.

— Gostaria de poder vê-las mais de perto — disse Jane. — Fico me perguntando se as famílias de estrelas são boas famílias, do tipo com quem a mamãe gostaria que tomássemos chá, se fôssemos estrelinhas.

— Não são esse tipo de família, tonta — retrucou o irmão, tentando explicar com delicadeza. — Eu só disse "famílias" porque uma criança como você não entenderia se eu tivesse dito constela... Além disso, eu me esqueci do fim da palavra. De qualquer modo, as estrelas estão todas no céu, por isso não tem como tomar chá com elas.

— Não. Eu disse: *se* fôssemos estrelinhas.

— Mas não somos.

— Não — concordou Jane, suspirando. — Sei disso. Não sou tão tola quanto você pensa, George. Mas a *abóbora real* fica no horizonte. Não podemos ir até lá para vê-la?

— Considerando que você tem oito anos, não tem muita noção. — George bateu as botas contra a cerca para esquentar os dedos dos pés. — Fica a meio mundo daqui.

— Parece bem perto — disse Jane, encolhendo os ombros para manter o pescoço aquecido.

— Ela fica perto do Polo Norte — explicou George. — Olha aqui... Não ligo nem um pouco para a aurora boreal, mas não me importaria em desbravar o Polo Norte. É absurdamente difícil e perigoso, mas depois você volta para casa e escreve um livro sobre ele com muitas imagens, e todo mundo diz que você é corajoso.

Jane desceu da cerca.

— Ah, George, *vamos*! Pode ser que nunca tenhamos outra chance, sozinhos, sem ninguém, e já está bem tarde também.

— Eu iria com certeza, se não fosse por você — respondeu George, com mau humor —, mas sabe que sempre dizem que levo você a fazer traquinagem. Se fôssemos ao Polo Norte, molharíamos nossas botas, provavelmente, e você se lembra do que disseram sobre não pisarmos na grama.

— Eles disseram no *gramado* — corrigiu Jane. — Não vamos no *gramado*. Ah, George, vamos lá. Não parece tão longe assim, conseguiríamos voltar antes de eles ficarem irritados demais.

— Tudo bem — disse George —, mas saiba que não quero ir.

E assim eles foram. Pularam a cerca, que estava muito fria, branca e brilhante porque estava começando a congelar, e do outro lado estava o jardim de outra pessoa, então eles saíram de lá o mais rápido que puderam, e além havia um campo com outra grande fogueira, com pessoas ao redor que pareciam ter a pele mais escura.

— São como índios — disse George, querendo parar e olhar, mas Jane o empurrou para seguirem em frente, eles passaram pela fogueira e entraram por uma abertura nos arbustos até outro campo, um escuro, e lá longe, além de diversos outros campos escuros, as luzes do norte brilhavam, reluziam e piscavam.

Mas, durante o inverno, as regiões do Ártico se estendem para o sul muito além do que aparece no mapa. Pouquíssimas pessoas sabem disso, ainda que seja de se pensar que poderiam perceber pelo gelo nos jarros de manhã. Justamente quando George e Jane partiram para o Polo Norte, as regiões do Ártico desciam quase até Forest Hill, de modo que, conforme as crianças avançavam, ficava mais e mais frio, e naquele momento elas viram que os campos estavam cobertos de neve, e grandes pingentes de gelo pendiam de todos os arbustos e portões. Mas as luzes do norte ainda pareciam bem distantes.

Eles atravessavam um campo muito irregular e cheio de neve quando Jane notou os animais. Havia coelhos e lebres brancos e todos os tipos e tamanhos de aves brancas e algumas criaturas maiores nas sombras dos arbustos, que Jane teve certeza serem lobos e ursos.

— Ursos polares e lobos do Ártico, é o que quero dizer, claro — especificou, porque não queria que George pensasse de novo que ela era estúpida.

Havia um grande arbusto no fim desse campo, todo coberto com neve, mas as crianças encontraram um lugar onde havia um buraco, e como não parecia haver ursos ou lobos naquela parte do arbusto, elas o atravessaram e saíram do outro lado do túnel congelado. Então ficaram paralisados, prendendo a respiração, surpresos.

Na frente deles, correndo em linha reta e tranquilamente até as luzes do norte, havia uma ampla estrada de gelo escuro ladeada por árvores altas cobertas de geada; de seus galhos saíam correntes de estrelas costuradas em raios de lua, e brilhavam tanto que mais pareciam uma bela e mágica luz do dia. Foi o que Jane disse, mas George falou que eram como os holofotes de um palco iluminado.

As fileiras de árvores seguiam em linhas retas até bem, bem longe, e, ao fim delas, brilhava a aurora boreal.

Havia uma placa de neve prateada com letras de gelo puro em que as crianças leram: "CAMINHO PARA O POLO NORTE".

George disse:

— Se é o caminho ou não, conheço uma rampa de escorregar quando vejo uma, então aqui vai. — E correu na neve congelada. Jane também correu, imitando-o, e em seguida eles estavam descendo, a um metro um do outro, pelo grande escorregador que levava ao Polo Norte.

O grande escorregador foi feito para a conveniência dos ursos polares, que durante os meses de inverno pegam seus alimentos dos estoques do Exército e da Marinha, e é o escorregador mais perfeito do mundo. Se você nunca o viu, é porque nunca soltou fogos no dia 11 de dezembro, e nunca foi verdadeiramente levado e desobediente. Mas não seja assim na esperança de encontrar o grande escorregador, porque pode acabar encontrando algo bem diferente e se arrepender.

No grande escorregador, assim como nos escorregadores comuns, uma vez que você começa a escorregar, segue escorregando até o fim, a menos que caia, e aí vai doer. O grande escorregador é uma descida direta, de modo que você segue indo mais rápido, mais rápido, mais rápido. George e Jane foram tão depressa que não tiveram tempo de notar a paisagem. Só viram as compridas fileiras de árvores congeladas e as lâmpadas de estrelas; e, conforme deslizavam, um mundo muito amplo e branco e uma grande noite negra passavam por ambos os lados; acima deles, assim como nas árvores, as estrelas eram brilhantes como lâmpadas prateadas; e mais adiante brilhava e reluzia a fileira de lanças mágicas. Jane notou aquilo, e George disse:

— Consigo ver muito bem as luzes do norte.

É muito agradável escorregar, escorregar e escorregar no gelo limpo e escuro, principalmente se você sente que está mesmo indo a algum lugar, ainda mais se esse lugar for o Polo Norte. Os pés das crianças não faziam barulho no gelo, e elas seguiram em frente em um belo silêncio branco. Mas, de repente, o silêncio se desfez e um grito foi ouvido acima da neve.

— Ei! Você aí! Pare!

— Abaixe-se para se salvar! — gritou George, e ele se jogou de uma vez, porque era a única maneira de parar. Jane caiu em cima dele.

Os irmãos rastejaram de joelhos até a neve na borda do escorregador. Ali estava um caçador, usando um quepe e com o bigode congelado — como aqueles que vemos em fotos de pessoas no gelo —, segurando uma arma.

— Você por acaso tem balas?

— Não — respondeu George, com sinceridade. — Eu tinha cinco pentes de revólver do meu pai, mas os perdi no dia em que a babá revirou meus bolsos para ver se eu tinha pegado a maçaneta da porta do banheiro por engano.

— Tudo bem — disse o caçador —, acidentes acontecem. Então, suponho que você não porte armas?

— Não tenho nenhuma *arma* de fogo, mas tenho *fogos* de artifício. É só um rojão que um dos rapazes me deu, não sei se serve. — E começou a procurar entre barbantes, balinhas de menta, botões, tampinhas, pecinhas, pedaços de giz e selos estrangeiros dentro do bolso da calça.

— Posso tentar — disse o caçador, e estendeu a mão.

Mas Jane puxou o casaco do irmão e sussurrou:

— Pergunte por que ele quer isso.

Então, o esportista teve que confessar que queria os fogos de artifício para matar o tetraz branco, e eles viram que o tetraz branco estava ali, sentado na neve, bem pálido e preocupado, esperando ansiosamente que o assunto fosse decidido de um jeito ou de outro.

George colocou todas as coisas de volta nos bolsos e disse:

— Não, não devo. A temporada de atirar nele terminou ontem, ouvi meu pai falando. Então não seria justo, de forma alguma. Sinto muito, mas não posso... É isso!

O caçador não disse nada, só sacudiu o punho para Jane e pulou no escorregador em direção ao Palácio de Cristal — o que não foi fácil, porque era uma subida. Então eles o deixaram tentando e seguiram em frente.

Antes de retomarem o caminho, o tetraz branco agradeceu com algumas palavras agradáveis e bem escolhidas. Eles correram pelas laterais e começaram de novo a descer pelo grande escorregador, seguindo em direção ao Polo Norte e às belas luzes cintilantes.

As crianças seguiram e seguiram pelo grande escorregador, mas as luzes não pareciam se aproximar, e o silêncio branco os envolveu enquanto escorregavam pelo caminho amplo e cheio de gelo. Então, mais uma vez, o silêncio foi quebrado por alguém chamando:

— Ei! Você aí! Pare!

— Abaixe-se para se salvar! — gritou George, e caiu como antes, parando no único caminho possível, e Jane parou em cima dele.

Os irmãos rastejaram até a beira. De repente, surgiu um colecionador de borboletas com óculos azuis, uma rede azul e um livro azul com placas coloridas, procurando por espécimes.

— Com licença — disse o colecionador —, mas você teria uma agulha, uma agulha bem comprida?

— Tenho um estojo de agulhas — respondeu Jane, educadamente —, mas não tem agulha nenhuma nele. George pegou todas para construir coisas com pedaços de rolha com seus kits "Ciências para garotos" e "O jovem mecânico". Ele não construiu nada, mas pegou as agulhas.

— Que curioso — comentou o colecionador —, também quero usar a agulha em uma rolha.

— Tenho um alfinete em meu capuz — disse Jane. — Prendi a pele de raposa com ele quando ela se prendeu no prego na porta da estufa. É muito comprido e afiado... Ajudaria?

— Posso tentar — respondeu o colecionador, e Jane começou a procurar o alfinete.

Mas George beliscou o braço dela e sussurrou.

— Pergunte por que ele quer isso.

Então, o colecionador teve que admitir que queria o alfinete para prender a grande mariposa-urso-lanoso-do-Ártico, dizendo ser uma espécie incrível, que queria muito preservar.

E ali, como esperado, na rede de borboleta do colecionador, estava a grande mariposa, ouvindo a conversa com atenção.

— Ah, eu não poderia! — gritou Jane.

E enquanto George estava explicando ao colecionador que eles prefeririam não fazer aquilo, Jane abriu as dobras da rede de borboleta e perguntou baixinho à mariposa se ela podia sair por um momento. A mariposa saiu.

Quando o colecionador viu que a mariposa estava livre, ele pareceu mais triste do que bravo.

— Muito bem, aqui está uma expedição inteira do Ártico desperdiçada! Terei que ir para casa e organizar outra. E isso significa escrever para muitos jornais, entre outras coisas. Você parece ser uma mocinha especialmente inconsequente.

E assim eles seguiram, deixando-o também tentando subir em direção ao Palácio de Cristal.

Depois que a grande mariposa-urso-lanoso-do-Ártico agradeceu com um discurso ponderado, George e Jane se jogaram de lado e começaram a descer de novo, entre as lâmpadas-estrelas, pelo grande escorregador em direção ao Polo Norte. Eles foram cada vez mais rápido, e as luzes à frente ficaram cada vez mais brilhantes, de modo que não conseguiam manter os olhos abertos, mas tinham que piscar e semicerrá-los pelo caminho. De repente, o grande escorregador terminou em um imenso monte de neve. George e Jane caíram nele porque não conseguiram se segurar e, como a neve estava macia, eles afundaram até as orelhas.

Depois que se ergueram e bateram a neve uma da outra, as crianças protegeram os olhos e avistaram ali, bem na frente, a maior das maravilhas: o Polo Norte, erguendo-se, branco e brilhante, como um farol de gelo, e estava bem, bem perto, de modo que era preciso jogar a cabeça bem para trás, e um pouco além, para conseguir ver o topo dele. Era feito totalmente de gelo. Você ouvirá adultos falando muita bobagem sobre o Polo Norte, e quando você for adulto, é até possível que fale bobagem sobre ele (as coisas mais improváveis acontecem), mas, no fundo do coração, você deve sempre se lembrar de que o Polo Norte é feito de gelo e não poderia, pensando bem, ser feito de qualquer outra coisa.

Ao redor de todo o polo, formando um elo claro ao redor, havia centenas de pequenas fogueiras com chamas que não piscavam nem vacilavam, mas ficavam azuis, verdes e rosadas, retas como os caules de lírios.

Foi o que Jane disse, mas George falou que elas eram retas como varetas.

Essas luzes eram a aurora boreal, que as crianças tinham visto mesmo de um lugar tão longe quanto Forest Hill.

O solo estava plano, coberto com neve uniforme e endurecida, que brilhava e reluzia como a cobertura de um bolo de aniversário feito em casa. Aqueles feitos em lojas não brilham e reluzem, porque misturam farinha com açúcar de confeiteiro.

— É como um sonho — disse Jane.

E George afirmou:

— É o Polo Norte. Pense na confusão que as pessoas sempre fazem quando chegam aqui, e não foi difícil nem nada, de verdade.

— Ouso dizer que muitas pessoas chegaram aqui — ponderou Jane, desanimada. — Entendo que a questão não é *chegar*, mas *voltar*. Talvez nunca ninguém saiba que *nós* estamos aqui, e os pintarroxos nos cobrirão com folhas e...

— Bobagem — disse George. — Não tem pintarroxo nenhum, e não tem folha nenhuma. É só o Polo Norte, só isso, e eu o encontrei. Agora, vou tentar subir e fincar a bandeira britânica no topo, meu lenço vai servir, e se for *mesmo* o Polo Norte, a bússola de bolso que o tio James me deu vai girar e girar, e então terei certeza. Vamos.

Jane o seguiu, e quando eles chegaram perto das chamas claras, altas e belas, viram que havia um grande e estranho pedaço de gelo ao redor de toda a parte de baixo do polo; um gelo claro, liso, brilhoso, de um azul belo e profundo, como icebergs, nas partes densas; e de todos os tipos de cores lindas, brilhantes e que mudavam o tempo todo nas partes finas, como o candelabro de vidro na casa da vovó em Londres.

— É um formato muito curioso — disse Jane. — É quase como... — Ela deu um passo para trás para ter uma visão melhor. — É quase como um dragão.

— Parece muito mais com os postes na beira do Tâmisa — retrucou George, que havia notado algo enrolado como um rabo subindo pelo Polo Norte.

— Ah, George — gritou Jane. — É um dragão. Consigo ver suas asas. O que vamos fazer?

E, como era de se esperar, *era* um dragão — grande, brilhoso, alado, com garras e uma boca enorme — feito de gelo puro. Devia ter ido dormir enrolado no buraco de onde o vapor quente costumava sair do centro da terra, e então, quando o planeta ficou mais frio, e a coluna de vapor congelou e se tornou o Polo Norte, o dragão deve ter ficado congelado em seu sono — congelado demais para se mover —, e ali estava. Apesar de ser muito terrível, também era muito belo.

Foi o que Jane disse, mas George discordou:

— Ah, não se preocupe. Estou pensando em como chegar ao polo e experimentar a bússola sem acordar a fera.

O dragão certamente era lindo, com seu azul profundo e nítido, e seu brilho nas cores do arco-íris. Surgindo de dentro de sua cauda enrolada, o Polo Norte subia como um pilar feito de um grande diamante que, de vez em quando, estalava um pouco, por causa do frio. O estalo era a única coisa que quebrava o grande silêncio branco em meio ao qual o dragão se deitava, como uma joia enorme, e as chamas retas subiam ao redor dele como caules de lírios altos.

Enquanto as crianças estavam ali olhando para a paisagem mais incrível que seus olhos tinham visto, ouviu-se

um leve e apressado bater de pés atrás delas. Do lado de fora, da escuridão além dos caules iluminados, veio uma multidão de pequenas criaturas marrons correndo, saltando, rastejando, dando cambalhotas, de joelhos, e algumas até plantando bananeira. Eles se deram as mãos conforme se aproximaram das fogueiras e dançaram em círculo.

— São ursos — disse Jane. — Sei que são. Ah, como eu queria que não tivéssemos vindo, e minhas botas estão tão molhadas!

A roda de dança se desfez de repente e, em seguida, centenas de braços peludos seguraram George e Jane. Eles se viram no meio de uma grande, suave e enorme multidão de pequenas pessoas gordinhas com roupas de pele marrons, e o silêncio branco sumiu quase totalmente.

— Ursos, de fato — gritou uma voz estridente. — Desejarão que fôssemos ursos antes de acabarmos com vocês.

Aquilo soou tão assustador que Jane começou a chorar. Até então, as crianças tinham visto as coisas mais lindas e incríveis, mas já começavam a se arrepender de terem feito o que disseram que não fizessem, e a diferença entre "gramado" e "grama" não parecia tão grande como tinha sido em Forest Hill.

Assim que Jane começou a gritar, todos se afastaram. Ninguém chora nas regiões do Ártico por medo de congelar, de modo que aquelas pessoas nunca tinham visto ninguém chorar antes.

— Não chore de verdade — sussurrou George —, ou vai irritar seus olhos. Mas finja uivar, isso os assusta.

Jane começou a fingir uivar, e o choro real parou, como sempre acontece quando você começa a fingir. Pode testar.

Então, falando bem alto para ser ouvido acima dos uivos de Jane, George disse:

— É... quem está com medo? Somos George e Jane... Quem são vocês?

— Somos os duendes de pele de foca — disseram as pessoas marrons, retorcendo seus corpos peludos em meio à multidão como os vidrinhos furta-cor dos caleidoscópios.

— Somos muito preciosos e caros, pois somos completamente feitos da melhor pele de foca.

— E para que servem estas fogueiras? — berrou George, pois Jane choramingava mais e mais.

— Estas — gritaram os duendes, aproximando-se um pouco — são as fogueiras que fazemos para descongelar o dragão. Ele está paralisado agora, por isso dorme enrolado ao redor do polo, mas quando o liberarmos, vai despertar e devorará todo mundo, menos nós.

— por que querem que ele faça isso? — gritou George.

— Ah, só por capricho — berraram os duendes, sem qualquer cuidado, como se estivessem dizendo "Só pela diversão".

Jane parou de chorar para dizer:

— Vocês não têm coração.

— Temos sim — retrucaram. — Nossos corações são feitos da pele de foca mais fina, assim como bolsas fofinhas de pele de foca...

Eles se aproximaram um passo. Eram todos muito gordos e redondos. Seus corpos eram como jaquetas de pele de foca em uma pessoa muito robusta; a cabeça deles era como gorros de pele de foca; as pernas, como boás de pele de foca; e as mãos e pés, pequenas almofadas de pele de foca. Os rostos eram como caras de focas, pois também eram cobertos por pele de foca.

— Muito obrigado por nos contar — disse George. — Boa noite. Continue uivando, Jane!

Mas os duendes se aproximaram mais um passo, murmurando e sussurrando. Então, os murmúrios pararam, e fez-se um silêncio tão profundo que Jane teve medo de uivar. Mas foi um silêncio marrom, e ela gostava mais do silêncio branco.

Então, o líder dos duendes se aproximou bastante e perguntou:

— O que é isso em sua cabeça?

George sentiu que estavam perdidos, pois sabia que era o quepe de pele de foca de seu pai.

O duende não esperou uma resposta.

— É feito de um de nós — gritou —, ou de uma das focas, nossas pobres parentes. Garoto, agora seu destino está selado!

Olhando para os rostos malvados ao redor, George e Jane sentiram que o destino deles estava mesmo selado.

Os duendes seguraram as crianças com seus braços peludos. George tentou chutá-los, mas não adiantava chutar pele de foca, e Jane chorou, mas os duendes estavam se acostumando com aquilo. Eles subiram pelo lado do dragão e jogaram as crianças contra a coluna congelada, com as costas contra o Polo Norte. Você não faz ideia de como estava frio; era o tipo de frio que faz com que você se sinta pequeno e irritado dentro de suas roupas, e que faz com que você deseje ter vinte vezes mais roupas para se sentir pequeno e irritado dentro delas.

Os duendes de pele de foca amarraram George e Jane ao Polo Norte, mas, como não tinham cordas, usaram guirlandas de neve — que são muito fortes quando feitas do jeito certo —, aproximaram bem as fogueiras e disseram:

— Agora o dragão vai ficar quente, e quando ficar bem quente, despertará, e quando despertar, sentirá fome, e quando sentir fome, começará a comer, e a primeira coisa que ele comerá será vocês.

As pequenas chamas multicoloridas subiam como os caules dos lírios, mas o calor não chegou às crianças, e elas ficaram cada vez mais geladas.

— Não estaremos tão saborosos quando o dragão nos comer, é um consolo — disse George. — Estaremos congelados muito antes disso.

De repente, ouviram um bater de asas, e o tetraz branco pousou na cabeça do dragão e disse:

— Posso ajudar de alguma forma?

As crianças já estavam tão geladas, tão geladas, tão, tão geladas, que tinham se esquecido de todo o resto, e não conseguiram falar nada. Então, o tetraz branco disse:

— Um momento. Estou muito grato por essa oportunidade de retribuir por sua valente conduta em relação aos fogos de artifício!

Em seguida, ouviu-se um leve farfalhar de asas acima deles, e então, flutuando lenta e suavemente, desciam centenas e centenas de penas brancas fofinhas. Elas caíram sobre George e Jane como floquinhos de neve e, como flocos de neve pousando um sobre o outro, formaram uma cobertura cada vez mais e mais densa, e logo as crianças ficaram soterradas sob um monte de penas brancas, apenas com os rostos de fora.

— Ah, meu bondoso e querido tetraz branco — disse Jane —, mas você vai sentir frio, não vai, agora que nos deu todas as suas belas penas?

O tetraz branco riu, e sua risada foi repetida por milhares de vozes gentis e suaves de pássaros.

— Vocês acharam que todas essas penas vieram de um peito? Há centenas e centenas de nós aqui, e cada um deu um tufo de penas brancas do próprio peito para ajudar a manter esses dois coraçõezinhos gentis aquecidos!

E assim disse o tetraz, que certamente tinha muito boas maneiras.

Então as crianças se acomodaram e ficaram aquecidas, e quando os duendes de pele de foca tentaram afastar as penas, o tetraz e seus amigos voaram sobre eles batendo as asas e gritando, e espantaram os duendes, que eram um povo covarde.

O dragão ainda não tinha se mexido, mas a qualquer momento ele poderia se esquentar o suficiente para conseguir se movimentar, e apesar de George e Jane estarem aquecidos, não estavam confortáveis nem tranquilos. As crianças tentaram explicar a situação ao tetraz, mas, apesar de ele ser educado, não era esperto, e apenas disse:

— Vocês têm um ninho quente, e cuidaremos para que ninguém o tire de vocês. O que mais podem querer?

Naquele momento, ouviu-se um novo e desajeitado bater de asas ao longe, mais suave do que o do tetraz, e George e Jane gritaram em uníssono:

— Ah, *cuidado* com as asas nas chamas!

Eles logo viram se tratar da grande mariposa-urso-lanoso-do-Ártico.

— O que houve? — perguntou ela, sentando-se na cauda do dragão.

Então, os irmãos contaram tudo.

— Pele de foca, certo? — perguntou a mariposa. — Espere um pouco!

Ela voou sinuosamente, desviando das chamas, mas logo voltou, trazendo tantas mariposas que era como se uma capa viva de asas brancas surgisse entre as crianças e as estrelas.

E, então, a sina dos duendes maus de pele de foca de repente recaiu sobre eles.

A grande capa de asas brancas se desfez e caiu — como a neve cai — sobre os duendes, mas cada floco de neve ali era uma mariposa viva, esvoaçante e faminta, que enterrava profundamente seu focinho voraz no pelo dos pele de foca.

Pessoas adultas dirão que não são as mariposas, e sim os filhotes de mariposa que comem pele, mas isso é só quando estão tentando enganá-lo. Quando não estão pensando em você, dizem: "Receio que as mariposas tenham pegado meu cachenê de arminho" ou "Sua pobre tia Emma tinha um lindo casaco de marta-zibelina, mas foi comido por mariposas". E naquele momento havia mais mariposas juntas do que jamais se viu nesse mundo antes, todas pousando nos duendes de pele de foca.

Os duendes só perceberam o perigo quando já era tarde demais. Então, pediram cânfora, coloquíntida, óleo de lavanda, sabão e bórax. Alguns duendes até começaram a recolher os ingredientes, mas antes que conseguissem chegar ao boticário, já estava tudo acabado. As mariposas comeram, comeram e comeram até que os duendes, por serem inteiramente de pele de foca — inclusive seus corações ocos —, foram devorados até seu último suspiro. Um a um, eles caíram na neve, sem vida. E por todo o Polo Norte a neve ficou marrom, coberta pelo couro desnudo deles.

— Ah, obrigada, obrigada, querida mariposa do Ártico — gritou Jane. — Você é boa, espero que não tenha comido o suficiente para passar mal mais tarde!

Milhões de mariposas responderam com risadas suaves como o bater de suas asas:

— Seríamos um grupo fraco se não conseguíssemos comer mais do que o normal de vez em quando para ajudar um amigo.

E todas se foram, o tetraz branco partiu, os duendes de pele de foca estavam mortos, o fogo se apagou, e George e Jane ficaram sozinhos no escuro com o dragão!

— Ah, minha nossa — disse Jane —, isso é o pior de tudo!

— Não temos mais amigos para nos ajudar — lamentou George. Ele nunca pensou que o próprio dragão pudesse ajudá-los, mas essa era uma ideia que nunca teria ocorrido a nenhum garoto.

Ficou mais e mais e mais frio, e, mesmo sob as penas dos tetrazes, as crianças tremiam.

Então, quando chegou à menor temperatura que um termômetro aguenta sem quebrar, o frio estabilizou. E o dragão se desenrolou do Polo Norte, estendeu seu corpo comprido e congelado sobre a neve, e disse:

— Agora, sim! Essas fogueiras estavam me fazendo mal!

A verdade era que os duendes de pele de foca tinham usado a lógica errada. O dragão tinha congelado havia tanto tempo que já não passava de gelo puro, e o fogo só o enfraquecia.

Mas quando as fogueiras se apagaram, ele se sentiu muito bem e muito faminto. Olhou ao redor à procura de algo para comer. No entanto, não notou George e Jane, porque eles estavam congelados em suas costas.

A fera se afastou lentamente, e as guirlandas de neve que amarravam as crianças ao Polo se soltaram com um estalo. Ali estava o dragão, se arrastando para o sul, com Jane e George sobre suas costas grandes, escamosas e brilhantes com a camada de gelo. Claro que o dragão tinha que ir para o sul se fosse para algum lugar, porque ao se chegar ao Polo Norte, não há outra direção para onde ir. O dragão chacoalhava e tilintava enquanto seguia, exatamente como o candelabro de cristal quando é tocado — o que somos estritamente proibidos de fazer. Claro que existe um milhão de maneiras de

ir para o sul a
partir do Polo
Norte, então você
vai admitir que foi sorte
para George e Jane quando o
dragão seguiu pelo caminho certo
e de repente pousou a pata pesada no
grande escorregador. Ele partiu, em velocidade máxima, entre as lâmpadas de estrelas, em direção à Forest Hill e ao Palácio de Cristal.

— Ele vai nos levar para casa — disse Jane. — Ah, ele é um bom dragão. Como estou *feliz*.

George também estava bem feliz, mas nenhuma das duas crianças tinha certeza de que seriam bem recebidas, principalmente porque seus pés estavam molhados, e elas levavam um dragão desconhecido para casa consigo.

Eles foram muito depressa, porque os dragões podem subir montes com a facilidade com que descem. Você não entenderia o porquê se eu contasse — pois está bem longe no momento —, mas se quiser que eu conte, para poder se exibir para outras crianças, contarei. É porque os dragões podem colocar suas caudas na quarta dimensão e se segurar ali, e quando você consegue fazer isso, todo o resto é fácil.

O dragão foi muito depressa, parando apenas para comer o colecionador e o caçador, que ainda estavam tentando subir o escorregador, em vão, porque não tinham cauda, e nunca nem sequer tinham ouvido falar da quarta dimensão.

Quando o dragão chegou à ponta do escorregador, rastejou muito devagar atravessando o campo escuro além daquele onde havia uma fogueira, ao lado do jardim vizinho em Forest Hill.

Ele foi avançando cada vez mais lento, até que parou totalmente no campo da fogueira, e como as regiões do Ártico não tinham descido tanto, e a fogueira estava muito quente, o dragão começou a derreter, derreter, derreter... Antes de as crianças se darem conta do que estava acontecendo, viram-se sentadas em uma grande poça de água, com as botas encharcadas, e não havia nem um pedacinho de dragão para contar história!

Então chegaram em casa.

É claro que algum adulto notou logo que as botas de George e Jane estavam cheias de lama e molhadas, e que ambos estiveram sentados em um local muito úmido, por isso as crianças foram mandadas para a cama imediatamente.

Já passava da hora, de qualquer modo.

Mas se você é questionador — o que não é nada legal para uma criancinha que lê contos de fadas —, vai querer saber como, depois que os duendes de pele de foca foram mortos e suas fogueiras apagadas, a aurora boreal brilha intensamente nas noites de frio.

Meu caro, eu não sei! Não sou tão orgulhoso para não admitir que há algumas coisas sobre as quais nada sei, e essa é uma delas. Mas sei que quem acendeu aquelas fogueiras de novo certamente não foram os duendes de pele de foca. Eles foram todos devorados por mariposas, e coisas devoradas por mariposas não servem para nada, nem para acender fogueiras!

HISTÓRIA CINCO

A Ilha dos Nove Redemoinhos

EDITH NESBIT

Uma bela princesa é prometida àquele que conseguir resgatá-la da Torre Solitária, na Ilha dos Nove Redemoinhos. Mas, para isso, o pretendente precisará provar sua inteligência, desafiando a natureza e seres fantásticos.

A abóbada que levava à caverna da bruxa estava coberta de cobras vivas e penduradas, pretas e amarelas. Quando a rainha entrou, mantendo-se cuidadosamente no meio da abóbada, as cobras ergueram as cabeças perversas e achatadas e olharam para ela com olhos perversos e amarelos. Você sabe que não é educado encarar ninguém, mesmo que sejam pessoas da realeza, a menos que você seja um gato. Mas as cobras eram tão malcriadas que chegaram até a mostrar a língua para a pobre senhora. Línguas nojentas, finas e afiadas também.

O marido da rainha era, claro, o rei. Além de ser rei, ele era um feiticeiro, e considerado um dos melhores de sua profissão, por isso era muito esperto e sabia que, quando reis e rainhas queriam filhos, a rainha sempre procurava uma bruxa. Por isso, ele deu à rainha o endereço da bruxa, e ela a procurou, apesar de ter muito medo e não gostar nada daquilo. A bruxa estava sentada perto de uma fogueira de gravetos, mexendo algo borbulhante dentro de um caldeirão brilhante de cobre.

— O que quer, minha cara? — perguntou à rainha.

— Ah, por favor. Quero um bebê, um bebê muito lindo. Dinheiro não é problema. Meu marido disse...

— Ah, sim — interrompeu a bruxa. — Sei tudo sobre ele. Então, quer um bebê? Sabe que ele vai lhe trazer sofrimento?

— Vai me trazer alegria primeiro — disse a rainha.

— Grande sofrimento.

— Maior alegria.

Então, a bruxa disse:

— Bem, faremos o que você quer. Acredito que não queira voltar de mãos vazias?

— O rei ficaria muito contrariado — confessou a pobre rainha.

— Está bem. O que me dará em troca da criança?

— O que você pedir, e tudo o que eu tenho.

— Neste caso, quero sua coroa de ouro.

A rainha a tirou depressa.

— E seu colar de safiras azuis.

A rainha o tirou.

— E sua pulseira de pérolas.

A rainha a tirou.

— E seus grampos de rubi.
A rainha abriu os grampos.
— Agora, os lírios de seu peito.
A rainha reuniu os lírios.
— E os diamantes das fivelas de seus sapatos.
A rainha tirou os sapatos.
Então, a bruxa mexeu no conteúdo do caldeirão e, um por um, ela jogou a coroa de ouro, o colar de safiras, a pulseira de pérolas, os grampos de rubi, os diamantes dos fechos dos sapatos e, por último, os lírios.
A coisa dentro do caldeirão ferveu, soltando luzes esfumaçadas amarelas, azuis, vermelhas, brancas e prateadas, e também um cheiro adocicado. Logo a bruxa jogou tudo em uma panela e deixou esfriar na porta, sob as cobras.
Então, ela disse à rainha:

— Sua criança terá o cabelo tão dourado quanto sua coroa, olhos tão azuis quanto suas safiras. O vermelho dos rubis estará nos lábios, e sua pele será clara e pálida como as pérolas. Sua alma será alva e doce como os lírios, e os diamantes não serão tão brilhantes quanto sua inteligência.

— Ah, obrigada, obrigada — agradeceu a rainha. — E quando chegará?

— Descobrirá quando voltar para casa.

— E você não vai querer ficar com nada? Qualquer coisa que desejar. Quer uma propriedade ou um saco de joias?

— Nada, obrigada — disse a bruxa. — Eu poderia fazer mais diamantes em um dia do que conseguiria usar em um ano todo.

— Bem, mas me deixe fazer algo por você — insistiu a rainha. — Não está cansada de ser bruxa? Não gostaria de ser uma duquesa ou uma princesa, algo assim?

— Há algo que eu gostaria — disse a bruxa —, mas tenho dificuldade para conseguir.

— Ah, diga o que é.

— Quero alguém que me ame — respondeu a bruxa.

Então, a rainha a abraçou e beijou cinquenta vezes.

— Puxa! Eu a amo mais do que a minha própria vida! Você me deu um bebê, e o bebê também vai amá-la.

— Talvez ame — disse a bruxa —, e quando a tristeza vier, pode me chamar. Cada um de seus cinquenta beijos será um feitiço para me levar a você. Agora, beba seu remédio e volte para casa.

Então, a rainha bebeu a mistura da panela, que já estava bem fria, e passou por baixo das cobras penduradas, e todas se comportaram muito bem. Algumas até tentaram fazer uma reverência quando ela passou, só que não é fácil fazer isso quando se está pendurado pelo rabo de cabeça para baixo. Mas as cobras sabiam que a rainha tinha amizade com a senhora delas, assim, claro, tiveram que fazer o melhor para ser civilizadas.

Quando a rainha chegou em casa, encontrou um bebê dentro do berço com o brasão real gravado, chorando da maneira mais natural possível. Tinha laços cor-de-rosa nas mangas, e a rainha logo viu que se tratava de uma menina. Quando o rei soube disso, arrancou os cabelos pretos com fúria.

— Ah, rainha tola, tão tola. Por que não me casei com uma mulher mais inteligente? Acha que tive todo o trabalho e o ônus de mandar você a uma bruxa para receber uma menina? Você sabia muito bem que era um menino que eu queria. Um menino, um herdeiro, um príncipe para aprender toda minha magia, meus feitiços e para governar o reino depois de mim. Aposto uma coroa, minha coroa, que você nem sequer pensou em dizer à bruxa que tipo de bebê queria? Pensou?

A rainha abaixou a cabeça e teve que confessar que só pediu um bebê.

— Muito bem, senhora — disse o rei —, muito bem, que seja como quiser. E aproveite ao máximo sua filha, enquanto ela é uma criança.

A rainha aproveitou. Todos os anos de sua vida juntos não tinham tido metade da felicidade que ela sentia em cada um dos momentos que passava com a filhinha no colo. Os anos se passaram, e o rei se tornou melhor e melhor na magia, e mais e mais desagradável em casa, enquanto a princesa

crescia e se tornava mais linda e querida a cada dia de sua vida.

A rainha e a filha estavam nas fontes do quintal alimentando os peixes dourados — com migalhas do bolo de dezoito anos da princesa — quando o rei chegou, muito nervoso, com seu corvo preto saltitando atrás. Ele sacudiu o punho para sua família, como fazia sempre que as via, pois não era um rei com boas maneiras. O corvo sentou-se na beira da fonte de mármore e tentou pegar um peixinho dourado. Era o que ele podia fazer para mostrar que tinha a mesma atitude de seu mestre.

— Uma menina! — disse o rei, irado. — Não consigo entender como você ousa olhar na minha cara quando se lembra de como sua tolice estragou tudo.

— O senhor não pode falar com minha mãe dessa forma — retrucou a princesa. Ela tinha dezoito anos e, de repente, percebeu que era uma adulta, por isso resolveu se posicionar.

O rei não conseguiu responder por vários minutos. Estava bravo demais. Mas a rainha disse:

— Minha querida menina, não interfira — ordenou com aspereza, pois estava assustada.

Para o marido, ela disse:

— Meu caro, por que continua se preocupando com isso? Nossa filha não é um menino, verdade, mas ela pode se casar com um homem inteligente que pode governar o reino depois do senhor, e aprender toda a magia que o senhor quiser ensinar.

Então, o rei voltou a falar.

— Se ela se casar — disse, lentamente —, seu marido terá que ser um homem muito inteligente. Ah, sim, muito inteligente! E terá que saber muito mais de magia do que eu poderia ensinar a ele.

A rainha logo entendeu, pelo tom de voz, que o rei seria hostil.

— Ah, não puna a menina por amar sua mãe.

— Não vou puni-la por isso — disse ele. — Só vou ensiná-la a respeitar o pai.

E, sem mais nada dizer, o rei partiu para seu laboratório e trabalhou a noite toda, fervendo poções coloridas em cadinhos e copiando feitiços com letras rebuscadas de livros marrons antigos com manchas de bolor nas páginas amarelas.

No dia seguinte, seu plano estava pronto. Ele levou a pobre princesa à Torre Solitária, que ficava em uma ilha no mar, a dois mil quilômetros de qualquer lugar. O rei lhe deu um dote e uma boa mesada. Recrutou um dragão competente para cuidar dela e também um grifo de muito respeito, sobre cujo nascimento e criação ele sabia tudo. E disse:

— Você deve ficar aqui, minha cara e respeitável filha, até o homem inteligente chegar para se casar com você. Ele terá que ser inteligente o suficiente para passar pelos Nove Redemoinhos que giram ao redor da ilha e para matar o dragão e o grifo. Até sua chegada, você não envelhecerá nem ficará mais sábia. Sem dúvida, ele virá logo. Pode se ocupar bordando seu vestido de casamento. Desejo alegria a você, minha cara filha.

A carruagem dele, guiada por trovões (o trovão viaja muito rápido), se ergueu no ar e desapareceu, e a pobre princesa ficou com o dragão e o grifo na ilha dos Nove Redemoinhos.

A rainha, que tinha ficado em casa, chorou por um dia e uma noite, e então, lembrou-se da bruxa e a chamou. A bruxa chegou e ouviu tudo o que a rainha contou.

— Pelos cinquenta beijos que a senhora me deu — disse a bruxa —, vou ajudá-la. Mas é a última coisa que posso fazer, e não é muito. Sua filha está sob um encanto; posso levá-la a ela. Mas se eu fizer isso, a senhora terá que ser transformada em pedra, e permanecerá assim até o encanto da moça ser quebrado.

— Eu serei uma pedra por mil anos se ao fim desse tempo puder ver minha querida de novo.

Assim, a bruxa levou a rainha em uma carruagem guiada por raios de sol (que viajam mais depressa do que qualquer outra coisa no mundo, e muito mais depressa do que o trovão) cada vez mais longe, até a Torre Solitária na ilha dos Nove Redemoinhos. Ali estava a princesa, sentada no chão no melhor quarto da Torre Solitária, chorando como se seu coração fosse explodir, com o dragão e o grifo sentados empertigados, um de cada lado.

— Ah, mãe, mãe, mãe — choramingou ela, e abraçou a rainha pelo pescoço como se nunca fosse soltá-la.

— Agora — disse a bruxa, depois de elas chorarem muito —, posso fazer uma ou duas coisinhas por vocês. O tempo não há de deixar a princesa triste. Todos os dias serão como apenas um dia até seu libertador chegar. E a senhora e eu, querida rainha, tornaremo-nos pedra no portão da torre. Ao fazer isso por você, perderei todos os meus poderes; quando eu disser o encanto que a transformará em pedra, mudarei com a senhora, e se voltar à forma humana, não serei mais bruxa, apenas uma velha senhora feliz.

As três se beijaram várias vezes, a bruxa recitou o encanto, e em cada lado da porta passou a haver uma estátua de pedra. Uma delas tinha uma coroa de pedra na cabeça e um cetro de pedra na mão; a outra segurava uma placa de pedra com palavras gravadas, que o grifo e o dragão não conseguiam ler, ainda que tivessem tido uma boa educação.

Todos os dias pareciam iguais para a princesa, e o dia seguinte sempre parecia que seria aquele em que sua mãe deixaria de ser pedra e a beijaria de novo. Os anos passaram devagar. O rei malvado morreu, e outra pessoa assumiu seu reino. Muitas coisas mudaram no mundo, mas a ilha não mudou, nem os Nove Redemoinhos, nem o grifo, nem o dragão, nem as duas mulheres de pedra. E durante todo o tempo, desde o começo, o dia do resgate da princesa se aproximava cada vez mais e mais e mais. No entanto, ninguém notava, exceto a princesa, e apenas em sonhos. Os anos passaram em dezenas e em centenas, e, ainda assim, os Nove Redemoinhos giravam, gritando triunfalmente a história de muitos bons navios que tinham sido atingidos por seus turbilhões, levando consigo um príncipe que havia tentado chegar à princesa e seu dote. E o grande mar sabia de todas as outras histórias dos príncipes que tinham saído de muito longe, mas quando avistaram os redemoinhos, balançaram a cabeça e disseram:

— Abortar a missão! — E voltaram discretamente a seus reinos confortáveis, bonitos e seguros.

Mas ninguém contou a história do homem que chegaria. E os anos passaram.

Enfim, depois de mais anos do que gostaríamos de registrar, certo marinheiro navegava pelo alto-mar com seu tio, que era um habilidoso capitão. Nigel conseguia manter a vela aberta, enrolar uma corda e manter a proa do navio firme diante do vento. Ele era um ótimo rapaz, muito digno de ser príncipe.

Mas há "algo" que é mais sábio do que todo o mundo, e que sabe quando a pessoa é digna de ser príncipe. E esse "algo" veio do lado mais distante do sétimo mundo e sussurrou no ouvido do rapaz.

O rapaz ouviu, apesar de não saber que ouviu, e olhou para o mar escuro com as espumas brancas parecendo cavalos galopando na crista das ondas e, bem ao longe, viu uma luz e perguntou para o capitão:

— Que luz é aquela?

O capitão respondeu:

— Que nada permita que você navegue para perto daquela luz, Nigel. Não se diz muito por aí, mas está marcado no mapa antigo pelo qual me guio, que era do pai do meu pai antes de ser meu, e do pai do pai dele, antes de ser dele. É a luz que brilha na Torre Solitária, acima dos Nove Redemoinhos. Quando o pai de meu pai era jovem, ele ouviu do velho senhor, seu tataravô, que naquela torre uma princesa encantada, mais clara do que o dia, espera para ser resgatada. Mas não há como fazê-lo, por isso não siga por aquele caminho e não pense mais na princesa, porque é só um conto qualquer. Porém, os redemoinhos são muito reais.

Então, claro, a partir daquele dia, Nigel não pensou em outra coisa. E conforme navegava mais e mais pelo alto-mar, ele via, de vez em quando, a luz brilhando através das águas selvagens dos Nove Redemoinhos. Certa noite, quando o barco estava ancorado e o capitão dormia em sua cabine, Nigel lançou o bote e dirigiu-se sozinho pelo mar escuro em direção à luz. Ele não ousou chegar muito perto até a luz do dia mostrar como, de fato, eram os redemoinhos que ele devia temer.

Mas quando começou a amanhecer, o rapaz viu a Torre Solitária erguendo-se escura contra o rosa e lilás do leste. Na base, a água escura girava, e ele ouviu seu incrível rugido. Nigel esperou durante todo o dia e pelos seis dias seguintes.

Depois de observar por sete dias, ele entendeu. Porque sempre entendemos algo se passarmos sete dias só pensando a respeito daquilo, ainda que seja a primeira declinação, ou a tabuada do nove, ou as épocas dos reis da Normandia.

O que ele entendeu foi: que durante cinco dos mil quatrocentos e quarenta minutos que formam um dia, os redemoinhos se silenciavam, a maré baixava e a areia amarela aparecia. Isso acontecia todos os dias, mas a cada dia eram cinco minutos antes do que tinha sido no dia anterior. Ele teve certeza disso pelo cronômetro do barco, que tinha levado consigo.

Então, no oitavo dia, cinco minutos antes do meio-dia, Nigel se preparou. Quando os redemoinhos de repente pararam de girar e a maré desceu, como água em uma bacia furada, ele começou a remar até a praia e logo chegou com o barco na areia amarela. Então, o marinheiro o arrastou para uma caverna e se sentou para esperar.

Cinco minutos e um segundo depois do meio-dia, os redemoinhos estavam escuros e agitados de novo, e Nigel espiou para fora da caverna. No penhasco acima do mar, ele viu uma princesa linda como o dia, com o cabelo loiro e um vestido verde, e foi ao seu encontro.

— Vim salvá-la — anunciou ele. — Como você é linda!

— Você é muito bondoso, muito inteligente e muito querido — disse a princesa, sorrindo e dando a ele as duas mãos.

Nigel deu um beijinho em cada mão antes de soltá-las.

— Então, agora, quando a maré baixar de novo, levarei você em meu barco.

— Mas e o dragão e o grifo? — perguntou a princesa.

— Minha nossa! Eu não sabia sobre eles. Acho que posso matá-los...

— Não seja tolo — disse a princesa, fingindo ser muito adulta, pois, apesar de ter ficado na ilha por muitos anos, tinha apenas dezoito anos, e ainda gostava de fingir. — Você não tem uma espada, nem escudo, nem nada!

— Bem, as feras nunca dormem?

— Claro que sim, mas só uma vez a cada vinte e quatro horas. O dragão se transforma em pedra, mas o grifo tem sonhos. Todos os dias, o grifo dorme na hora do chá, mas o dragão dorme apenas por cinco minutos, e cada dia é três minutos mais tarde do que no dia anterior.

— Que horas ele dormirá hoje? — perguntou Nigel.

— Às onze.

— Ah... Consegue fazer contas de soma?

— Não — disse a princesa com tristeza. — Nunca fui boa nisso.

— Então, eu farei — declarou Nigel. — Consigo, mas é um trabalho lento, e me deixa muito infeliz. Vou demorar dias e dias.

— Não comece ainda. Terá muito tempo para ser infeliz quando não estivermos juntos. Conte-me sobre você.

Nigel contou. E, então, a princesa contou a ele tudo sobre si mesma.

— Sei que estou aqui há muito tempo, mas não sei o que é "tempo". E estou muito ocupada costurando flores de seda em um vestido dourado para meu casamento. O grifo faz o serviço de casa; as asas emplumadas dele são ótimas para tirar pó e limpar. O dragão cozinha; ele é quente por dentro, então, claro, não é problema para ele. Apesar de eu não saber o que é o tempo, tenho certeza de que o dia do meu casamento está chegando, porque meu vestido dourado só precisa de mais uma margarida branca na manga e um lírio no peito e, assim, ficará pronto.

Naquele momento, eles ouviram um bater seco nas pedras acima deles e um ronco.

— É o dragão — disse a princesa, apressadamente. — Adeus. Seja um bom garoto e faça as contas. — Ela correu e o deixou com sua matemática.

A equação era a seguinte:

Se os redemoinhos paravam e a maré descia uma vez a cada vinte e quatro horas, e isso acontecia cinco minutos mais cedo a cada vinte e quatro horas; e se o dragão dormia todo dia, mas a cada dia dormia três minutos mais tarde do que o anterior, em quantos dias e em qual horário a maré baixaria três minutos antes de o dragão cair no sono?

Como pode ver, era uma operação bem simples. Você poderia fazê-la em um minuto porque frequentou uma boa escola e se esforçou em suas lições, mas para o pobre Nigel era outra história. Ele se sentou para fazer as contas com um pedaço de giz em uma pedra lisa. O marinheiro tentou com prática e com o método unitário, por multiplicação e pela regra de três. Tentou com decimais e juros compostos. Tentou com raiz quadrada e cúbica. Tentou com adição, simples e não simples, e tentou com exemplos misturados em frações ordinárias. Mas nada adiantou. Então, tentou fazer as contas pela álgebra, com equações simples e quadráticas, com a trigonometria, com logaritmo e com seções cônicas. Mas não funcionou. Nigel conseguia uma resposta todas as vezes, é verdade, mas eram sempre diferentes, e ele não tinha certeza sobre qual estava certa.

Bem quando o rapaz estava pensando que não havia nada mais importante no mundo do que saber fazer contas, a princesa voltou. E já estava escurecendo.

— Minha nossa, você está fazendo contas há sete horas — disse ela —, e ainda não conseguiu. Olhe, isto é o que está escrito na placa da estátua perto do portão inferior. Tem símbolos nela. Talvez seja a resposta.

A princesa entregou a ele uma grande folha de magnólia branca. Ela havia escrito na folha com o alfinete de seu broche de pérola, deixando marrom onde ela havia raspado, como acontece com as folhas de magnólia. Nigel leu:

DEPOIS DE NOVE DIAS

T ii. 24.
D ii. 27 Ans.
P.S.: E o grifo é artificial. C.

Ele bateu as mãos levemente.

— Cara princesa. Sei que essa é a resposta certa. Diz "C" também, veja. Mas vou provar.

Ele fez a soma ao contrário em decimais, equações e seções cônicas, e todas as regras nas quais conseguiu pensar. Deu certo todas as vezes.

— Agora, devemos esperar — disse Nigel. E eles esperaram.

Todos os dias, a princesa ia ver o rapaz e levar a comida feita pelo dragão. Nigel vivia na caverna e conversava com a princesa quando ela estava ali, e pensava nela quando não estava, e os dois foram tão felizes quanto o dia mais longo do verão. Então, por fim, chegou *o dia*. Os dois traçaram seus planos.

— Tem certeza de que ele não vai machucá-la, meu único tesouro? — perguntou Nigel.

— Sim. Só queria ter a mesma certeza de que ele não vai machucar você.

— Minha princesa — disse ele, delicadamente —, duas grandes forças estão do nosso lado: o poder do amor e o poder da matemática. Elas são mais fortes do que qualquer outra coisa no mundo.

Então, quando a maré começou a baixar, Nigel e a princesa correram para a areia, e ali, vendo o terraço onde o dragão montava guarda, Nigel abraçou a princesa e a beijou. O grifo estava ocupado varrendo a escada da Torre Solitária, mas o dragão viu e deu um grito irado, como se vinte motores soltassem fumaça no volume máximo dentro de uma estação de trem.

Os dois namorados permaneceram encarando o dragão. Ele era tenebroso de se olhar. Sua cabeça estava branca devido à idade, e sua barba tinha crescido tanto que se enroscava nas garras ao caminhar. Suas asas estavam brancas devido ao sal da água do mar que tinha se acumulado nelas. Sua cauda era comprida, grossa, articulada e branca, e tinha perninhas, várias delas — perninhas demais —, parecendo uma centopeia muito grande e gorda; e suas garras eram compridas e afiadas como baionetas.

— Adeus, amor! — gritou Nigel, e correu pela areia amarela em direção ao mar, com a ponta de uma corda amarrada ao seu braço.

O dragão desceu pela encosta e rastejou, contorcendo-se e esparramando-se pela praia atrás de Nigel, abrindo grandes buracos na areia com as patas pesadas, e, conforme era arrastada, a ponta de sua cauda — onde não havia perninhas — fazia uma marca na areia, como a deixada por um barco quando é lançado na água. Ele soltou fogo até a areia molhada secar de novo, e a água das pequenas piscinas de pedra ficou assustada e evaporou totalmente.

Ainda assim, Nigel segurou firme e o dragão seguiu atrás dele. A princesa não conseguia ver nada por causa do vapor, e chorava muito angustiada, mas ainda segurava firme com a mão direita a outra ponta da corda que Nigel dissera para ela segurar. Com a esquerda, ela segurava o cronômetro do navio, e olhou para ele em meio às lágrimas como tinha sido instruída, para saber quando puxar a corda.

Assim Nigel correu pela areia, e assim o dragão foi atrás dele. A maré estava baixa, e pequenas ondas sonolentas batiam na costa.

Mas à beira da água, Nigel fez uma pausa e olhou para trás, e o dragão deu um bote, começando a gritar de ódio, que era como o som das máquinas de todas as ferrovias do país. Mas a fera nunca chegou ao fim do berro, pois percebeu, de repente, que estava sonolento. Então ele se virou para correr de volta à terra seca, porque dormir perto de redemoinhos não é seguro. Mas antes de chegar à costa, o sono o pegou e o transformou em pedra. Nigel, ao ver aquilo, correu em direção à costa para se salvar; a maré já começava a subir, e o sono dos redemoinhos estava quase no fim. Ele tropeçou, debateu-se e nadou, e a princesa puxou a corda com tudo, alçando-o para o topo seco da rocha assim que o grande mar subiu e mais uma vez formou os Nove Redemoinhos em volta da ilha.

O dragão estava adormecido sob os redemoinhos, e quando acordou, viu que estava se afogando e soube que era seu fim.

— Agora falta apenas o grifo — disse Nigel.

— Sim, apenas...

A princesa beijou o rapaz e voltou a costurar a última folha do último lírio no colo de seu vestido de noiva. Ela pensou muito no que estava escrito na pedra a respeito de o grifo ser artificial e, no dia seguinte, disse a Nigel:

— Você sabe que um grifo é meio leão e meio águia, e as outras duas metades que sobram, quando unidas, formam o leão-grifo. Mas nunca o vi. Ainda assim, tenho uma ideia.

Então, eles confabularam e organizaram tudo.

Quando o grifo adormeceu naquela tarde na hora do chá, Nigel foi para trás dele e pisou em sua cauda, ao mesmo tempo, a princesa gritou:

— Cuidado! Tem um leão atrás de você.

O grifo, acordando de seus sonhos de repente, virou seu grande pescoço, viu um traseiro de leão e fincou seu bico de águia nele. O grifo tinha sido artificialmente feito pelo rei feiticeiro, e as duas metades nunca tinham se acostumado de verdade uma à outra. Então, a metade águia do grifo, que ainda estava meio adormecida, pensou que estava lutando contra um leão, e a metade leão, por também estar meio adormecida, pensou que estivesse lutando contra uma águia, e o grifo inteiro, em seu torpor, não conseguiu se recompor e lembrar-se de como era feito. Assim, o grifo rolou e rolou, uma ponta dele brigando com a outra, até a parte águia bicar o leão fatalmente, e a parte leão rasgar a águia com suas garras, matando-a. E o grifo, que era feito de um leão e uma águia, morreu, exatamente como os gatos de Kilkenny[1].

•••••••••••

1 *Os gatos Kilkenny* é uma fábula em que um par de gatos do condado de Kilkenny, na Irlanda, luta tão ferozmente um contra o outro, que no fim sobram somente suas caudas. [N. T.]

— Pobre grifo — disse a princesa —, era muito bom nos serviços domésticos. Sempre gostei mais dele do que do dragão. Não era tão esquentado.

Naquele momento, ouviu-se um ruído suave atrás da princesa, e ali estava sua mãe, a rainha — que tinha deixado de ser uma estátua de pedra assim que o grifo morreu —, correndo para abraçar a amada filha. A bruxa estava descendo lentamente do pedestal. Ela estava um pouco dura depois de ficar parada por tanto tempo.

Depois de explicarem tudo uns aos outros, muitas vezes, a bruxa perguntou:

— Bem, mas e os redemoinhos?

Nigel disse não saber. Então, a bruxa ponderou:

— Não sou mais bruxa. Sou apenas uma velha feliz, mas ainda sei algumas coisas. Aqueles redemoinhos foram feitos pelo rei feiticeiro, que derramou nove gotas de seu sangue no mar. Seu sangue era tão malvado que o mar tem tentado se livrar dele desde então, o que causou os redemoinhos. Agora você só precisa sair na maré baixa.

Nigel entendeu, saiu na maré baixa, e encontrou um grande rubi vermelho no buraco na areia deixado pelo primeiro redemoinho. Aquela era a primeira gota do sangue do rei malvado. No dia seguinte, Nigel encontrou outra; no outro dia, mais uma; e assim foi até o nono dia, quando o mar ficou liso como vidro.

Os nove rubis foram usados depois na agricultura. Era só lançá-los em um campo se você quisesse que ele fosse arado. Então, toda a superfície da terra se revirava de ansiedade para se livrar de algo tão malvado, e na manhã seguinte, o campo era encontrado em perfeito estado. Assim, o rei malvado acabou fazendo algo bom.

Quando o mar estava calmo, os navios vinham de longe, trazendo pessoas para ouvir a maravilhosa história. Um belo palácio foi construído, a princesa se casou com Nigel com seu vestido dourado, e todos viveram felizes por um longo tempo.

O dragão ainda está lá deitado, um dragão de pedra na areia, e na maré baixa as crianças pequenas brincam ao redor dele sem parar. Mas as partes que restaram do grifo foram enterradas sob um canteiro no jardim do palácio, porque ele tinha sido muito bom com os serviços domésticos e não tinha culpa por ter sido criado tão malvado e por ser encarregado de um trabalho tão ruim como esconder uma moça de seu amor.

Não tenho dúvida de que vocês querem saber o que a princesa viveu nos longos anos enquanto o dragão cozinhava. Meus caros, ela viveu de renda, e isso é algo que muitas pessoas gostariam de poder fazer.

HISTÓRIA SEIS

OS DOMADORES DE DRAGÕES

EDITH NESBIT

Um ferreiro sagaz precisa usar toda a sua lábia para livrar sua família e a cidade da ameaça de um dragão. Anos depois, é a vez de seu filho, Johnnie, e Tina, a filha do ourives, formarem uma aliança improvável com o dragão para livrar a cidade de uma ameaça ainda maior: um terrível gigante.

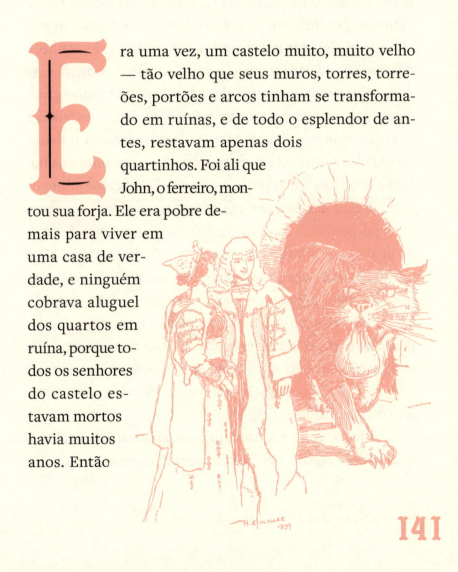

Era uma vez, um castelo muito, muito velho — tão velho que seus muros, torres, torreões, portões e arcos tinham se transformado em ruínas, e de todo o esplendor de antes, restavam apenas dois quartinhos. Foi ali que John, o ferreiro, montou sua forja. Ele era pobre demais para viver em uma casa de verdade, e ninguém cobrava aluguel dos quartos em ruína, porque todos os senhores do castelo estavam mortos havia muitos anos. Então era onde John tocava seus foles, forjava seu ferro e fazia todo o serviço que tinha que fazer. Não era muito, porque a maioria do trabalho ia para o prefeito da cidade, que também era ferreiro e tinha empreendimentos grandes, com sua enorme forja na praça da cidade; doze aprendizes, todos forjando como um bando de pica-paus, e doze homens dando ordens a eles; além de uma forja e um martelo com aparatos elétricos; e todas as coisas bonitas. Então, é claro que os moradores da cidade, sempre que queriam consertar ferraduras ou carroças, procuravam o prefeito. John se esforçava ao máximo, com algumas encomendas de viajantes e desconhecidos que não sabiam como a forja do prefeito era melhor. As duas salas eram quentes e abafadas, mas não muito grandes — por isso, ele mantinha o ferro, as peças, os feixes e seus dois centavos de carvão na grande masmorra embaixo do castelo. Era uma bela masmorra, sim, com uma sala bonita e abobadada e grandes argolas de ferro cujos grampos eram presos nas paredes, muito fortes e convenientes para amarrar prisioneiros, e de um lado havia um lance destruído de degraus amplos levando a ninguém sabia onde. Nem mesmo os senhores do castelo nos bons tempos sabiam para onde levavam os degraus, mas, de vez em quando, eles chutavam um prisioneiro escada abaixo, com tranquilidade e esperança, e, claro, ele nunca voltava. O ferreiro nunca tinha se atrevido a ir além do sétimo passo, assim como eu também não, por isso não sei mais do que ele sabia sobre o que tem no fim daqueles degraus.

 John, o ferreiro, tinha uma esposa e um bebezinho. Quando sua esposa não estava fazendo o serviço de casa, ela costumava amamentar o bebê e chorar, lembrando-se dos dias felizes em que vivia com seu pai, que criava dezessete vacas e vivia no interior, e quando John ia namorá-la nas noites de verão, bonito que só ele, com uma flor na lapela. E agora o cabelo de John estava ficando grisalho, e eles quase não tinham o que comer.

Quanto ao filho, era um bebê que chorava muito em momentos inesperados. À noite, quando a mãe se deitava para dormir, ele sempre começava a chorar, quase como um hábito, de modo que ela quase não conseguia descansar. Isso a deixava exausta.

O bebê compensava as noites mal dormidas durante o dia, se assim quisesse, mas a pobre mãe, não. Por isso, sempre que não tinha nada a fazer, ela se sentava e chorava porque estava cansada de trabalhar e se preocupar.

À noite, o ferreiro se ocupava com a forja. Ele estava fazendo uma ferradura para o bode de uma senhora muito rica, que desejava ver se o bode se daria bem usando ferradura, e também queria saber se a ferradura custaria cinco ou sete centavos antes de encomendar o conjunto todo. Aquela era a única encomenda recebida por John na semana. Enquanto ele trabalhava, a esposa se sentou e amamentou o bebê, que, incrivelmente, não estava chorando.

Naquele momento, mais alto do que o ruído das ferramentas e do ferro sendo forjado, ouviu-se outro som. O ferreiro e sua esposa se entreolharam.

— Não ouvi nada — disse ele.

— Nem eu — disse ela.

O barulho só aumentou, mas os dois estavam tão decididos a não ouvi-lo que John começou a martelar a ferradura com mais força do que já tinha martelado em toda sua vida, e a mulher começou a cantar para o bebê, uma coisa que havia semanas ela não sentia vontade de fazer.

Mas em meio ao canto e às marteladas, o barulho se tornou mais e mais alto, e quanto mais eles tentavam não ouvir, mais ouviam. Parecia o som de uma criatura grande ronronando, ronronando, ronronando, e eles não queriam acreditar no que estavam escutando porque o som vinha da grande masmorra do andar de baixo, onde ficava o ferro, além da lenha e do carvão, e os degraus destruídos desciam na escuridão sem ninguém saber para onde.

— Não pode ser nada na masmorra — disse o ferreiro, secando o rosto. — Vou ter que descer ali para pegar mais lenha em um minuto.

— Não tem nada ali, claro. Como poderia? — concordou sua esposa. E eles tentaram tanto crer que não havia nada ali que, naquele momento, quase acreditaram de verdade.

Em seguida, o ferreiro pegou a pá e o martelo, além da pequena lamparina velha, e desceu para buscar carvão.

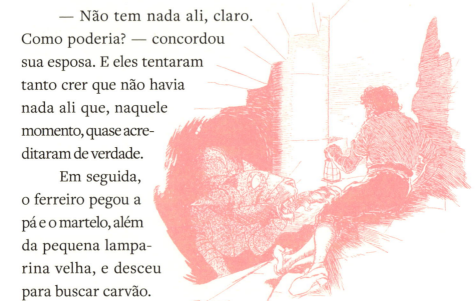

— Não estou levando o martelo por achar que há algo ali — explicou —, mas por ser útil para quebrar grandes pedras de carvão.

— Compreendo — disse a esposa, que tinha levado o carvão para casa em seu avental naquela mesma tarde, e sabia que estava todo em pó.

Assim, ele desceu as escadas até a masmorra e parou no fim dos degraus, segurando a lamparina acima da cabeça, para ver se estava mesmo vazia como sempre. Metade dela estava vazia como sempre, exceto pelo ferro e as ferramentas, a lenha e o carvão. Mas o outro lado não estava vazio. Estava bem cheio, e cheio de dragão.

— Deve ter subido aqueles degraus quebrados horríveis, vindo de sabe Deus onde — disse o ferreiro a si mesmo, tremendo da cabeça aos pés, enquanto tentava subir as escadas de novo.

Mas o dragão foi rápido demais para ele, esticou uma garra grande e o pegou pela perna. Quando se movia, a fera estralava como um monte de chaves, ou como a folha de ferro que usam para imitar trovão em pantomimas.

— Não, não vai subir — disse o dragão com uma voz estrondosa.

— Minha nossa, minha nossa — lamentou o pobre John, tremendo mais do que nunca na garra do dragão. — Que belo fim para um ferreiro de respeito!

O dragão pareceu muito impressionado pelo comentário.

— Pode repetir o que disse? — pediu ele, com educação.

Então, John disse de novo, de modo muito claro:

— Que belo fim para um ferreiro de respeito!

— Eu não sabia. Que interessante! Você é quem estou procurando.

— Imaginei desde o começo — disse John, batendo os dentes.

— Ah, não foi isso que eu quis dizer — respondeu o dragão —, quero que faça um trabalho para mim. Uma de minhas asas perdeu alguns rebites na parte de cima. Pode consertá-la?

— Posso sim, senhor — disse John, educadamente, porque é preciso ser sempre educado com um possível cliente, mesmo que ele seja um dragão.

— Um grande artesão... Você é um mestre, não é? Pode logo ver o que há de errado — continuou o dragão. — Dê a volta por aqui e sinta minhas placas, por favor.

John timidamente deu a volta depois que o dragão recolheu a garra. Como esperado, a asa do dragão estava solta, e muitas de suas placas perto da articulação precisavam de ajuste.

O dragão parecia feito quase totalmente de uma armadura de ferro; tinha uma cor meio vermelha como ferrugem, devido à umidade, sem dúvida; e por baixo parecia coberto por algo peludo.

John foi tomado pelo ferreiro que carregava no coração e se sentiu mais à vontade.

— O senhor de fato precisa de uns ajustes. Na verdade, de vários.

— Bem, comece a fazê-los. Conserte minha asa, e então sairei e comerei toda a cidade, e se fizer um trabalho muito bom, vou comê-lo por último. Pronto!

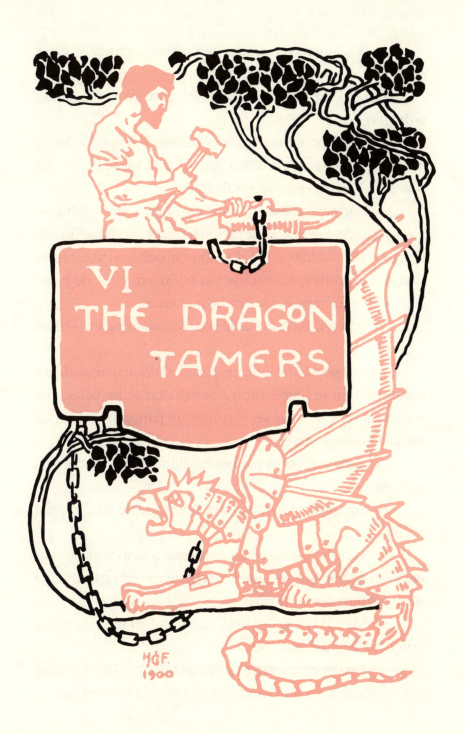

OS DOMADORES DE DRAGÕES
HISTÓRIA SEIS
147

— Não quero ser comido por último, senhor — disse John.

— Bem, está certo, vou comê-lo primeiro — concordou o dragão.

— Também não quero isso, senhor — explicou John.

— Vamos logo com isso, seu tolo, não sabe o que está dizendo. Vamos, comece a trabalhar.

— Não gosto desse trabalho, senhor — disse John —, e é a verdade. Sei que acidentes acontecem com facilidade. Começo a trabalhar e lhe dou um beliscão ou vou muito fundo nos rebites, e o senhor vai bufar em cima de mim, com fogo e fumaça, e não terei o que fazer.

— Dou minha palavra de honra como dragão — disse o outro.

— Sei que não faria de propósito, senhor, mas qualquer cavalheiro vai se sobressaltar e se assustar se for beliscado, e uma de suas bufadas seria suficiente para mim. Mas que tal se eu o amarrasse?

— Seria algo com tão pouca dignidade — contestou o dragão.

— Sempre amarramos um cavalo, e ele é o "animal nobre".

— Tudo bem, mas como eu sei que o senhor me soltará de novo depois que me consertar? Quero uma garantia. O que o senhor mais valoriza?

— Meu martelo — disse John. — Um ferreiro não é ninguém sem um martelo.

— Mas você o usaria no meu conserto. Deve pensar em outra coisa, e logo, caso contrário, vou comê-lo primeiro.

Naquele momento, o bebê começou a gritar no quarto. Sua mãe estivera tão quieta que ele pensou que ela tivesse ido dormir e que estava na hora de chorar.

— O que é isso? — perguntou o dragão, mexendo-se de modo que todas as placas de seu corpo fizessem ruídos.

— É só o bebê — disse John.

— O que é isso? Algo que o senhor valoriza?

— Bem, sim, senhor. Bastante.

— Então, traga-o aqui — ordenou o dragão. — Vou cuidar dele até o senhor acabar de me arrumar, e pode me amarrar.

— Tudo bem, senhor — disse John —, mas devo fazer um alerta. Os bebês são venenosos para dragões, por isso, não vou enganá-lo. Pode tocar, mas não o coloque na boca. Eu não gostaria que alguém bem apresentável como o senhor fosse prejudicado.

O dragão ficou mais dócil com esse elogio e disse:

— Tudo bem, vou tomar cuidado. Pode ir para pegar a coisa, o que quer que seja.

Então, John subiu as escadas correndo o mais depressa que pôde, pois sabia que se o dragão ficasse impaciente antes de ser amarrado, poderia derrubar o teto da masmorra com um movimento de costas e matar todos eles. A esposa estava dormindo, apesar do choro do bebê. John pegou a criança e a colocou entre as patas da frente do dragão.

— Apenas ronrone, senhor, e ele vai ficar bonzinho.

O dragão ronronou, e seus sons agradaram o bebê, tanto que ele parou de chorar.

Então, John procurou no monte de ferro velho e encontrou algumas correntes pesadas e uma grande coleira que tinham sido feitas na época em que os homens trabalhavam cantando e com o coração, de modo que as coisas que eles faziam eram fortes o suficiente para aguentar o peso de mil anos, quanto mais o de um dragão.

John prendeu o animal com a coleira e as correntes, e quando conseguiu fechar o cadeado, começou a trabalhar para descobrir quantos rebites seriam necessários.

— Seis, oito, dez... vinte, quarenta. Não tenho muitos rebites na loja. Se me der licença, senhor, vou até outra ferraria para buscar outros. Não demorarei mais do que um minuto.

E ele se foi, deixando o bebê entre as patas da frente do dragão, rindo e balbuciando de prazer com aquele ronronado.

John correu o mais rápido que pôde até a cidade e encontrou o prefeito e seus funcionários.

— Tem um dragão na minha masmorra. Eu o acorrentei. Agora venham me ajudar a recuperar meu bebê.

E o ferreiro contou tudo a eles.

Mas todos tinham compromissos naquela noite, por isso, elogiaram a esperteza de John e disseram que estavam confiantes em deixar o assunto na mão dele.

— Mas e meu bebê? — perguntou John.

— Ah — disse o prefeito —, se alguma coisa acontecer, você sempre poderá se lembrar de que seu filho morreu por uma boa causa.

John voltou para casa e contou à esposa uma parte da história.

— Você deu o bebê ao dragão! — gritou ela. — Que pai ruim!

— Pare — disse John, e contou o restante. — Bem, vou descer. Depois que eu for, você pode ir, e se mantiver a calma, o bebê vai ficar bem.

Ele desceu e viu o dragão ronronando com todo o esforço possível para manter o bebê quieto.

— Apresse-se, por favor — pediu ele. — Não suportarei esse barulho a noite toda.

— Sinto muito, senhor — disse o ferreiro —, mas todas as lojas estão fechadas. O trabalho deve esperar até a manhã. E não se esqueça de que prometeu cuidar do bebê. O senhor verá que ele é um pouco inquieto. Boa noite, senhor.

O dragão havia ronronado até ficar sem fôlego, então, parou, e assim que tudo ficou em silêncio, o bebê pensou que todos tinham se recolhido para dormir e que estava na hora de começar a gritar. Por isso, começou.

— Ah, minha nossa — lamentou o dragão —, que horror.

Ele tocou as costas do bebê com sua garra, mas o bebê gritou mais do que nunca.

— E eu também estou muito cansado — disse o dragão. — Esperava ter uma boa noite de sono.

O bebê continuou gritando.

— Não haverá paz para mim depois disso. É de dar nos nervos de qualquer um. Silêncio. — E ele tentou acalmar o bebê como se ele fosse um dragãozinho. Mas quando começou a cantar "Calma, calma, dragãozinho", a criança começou a gritar mais, mais e mais. — Não consigo mantê-lo em silêncio — disse o dragão, então, de repente, ele viu uma mulher sentada nos degraus. — Bem, você sabe alguma coisa sobre bebês?

— Sei, um pouco — respondeu a mãe.

— Gostaria que cuidasse dele e me deixasse dormir um pouco — pediu o dragão, bocejando. — Pode trazê-lo de manhã antes de o ferreiro chegar.

Então, a mãe pegou o bebê, o levou para o andar de cima e contou ao marido. Eles foram felizes para a cama, pois tinham prendido o dragão e salvado o bebê.

No dia seguinte, John desceu e explicou em detalhes ao dragão exatamente o que estava acontecendo, pegou um portão de ferro e o colocou aos pés da escada, e o dragão berrou furiosamente por dias e mais dias, mas quando notou que não serviria para nada, ficou calado.

John procurou o prefeito e disse:

— Peguei o dragão e salvei a cidade.

— Nobre salvador — gritou o prefeito —, vamos fazer as honras ao senhor, e coroá-lo em público com uma coroa de louros.

Assim, o prefeito arcou com cinco libras, seus funcionários deram três cada, e outras pessoas deram suas moedas. Enquanto as honras eram preparadas, o prefeito encomendou três poemas com o poeta da cidade, para comemorar a ocasião. Os poemas foram muito admirados, principalmente pelo governante e seus funcionários.

O primeiro falava sobre a conduta nobre do prefeito em cuidar para que o dragão fosse amarrado. O segundo descrevia a esplêndida ajuda oferecida pelos funcionários. E o terceiro expressava o orgulho e a alegria do poeta por poder declamar tais atos, frente aos quais as ações de São Jorge pareceriam bem simples a todos com o coração sensível e a mente equilibrada.

Quando a honraria foi finalizada, havia mil libras, e um comitê foi formado para determinar o que deveria ser feito com a quantia. Um terço foi direcionado a pagar um banquete para o prefeito e seus funcionários; outro terço foi gasto em um colar de ouro com um dragão para o governante e medalhas de ouro com dragões para os funcionários; e o que sobrou foi para despesas do comitê.

Assim, não houve nada para John, apenas a coroa de louros e a consciência de que ele tinha salvado a cidade. Mas, depois disso, as coisas melhoraram um pouco para o ferreiro. Para começar, o bebê já não chorava tanto quanto antes. Então, a mulher rica, dona do bode, ficou tão tocada pela atitude nobre de John que encomendou um conjunto completo de sapatos por 2 xelins e 4 centavos e até aumentou para 2 xelins e 6 centavos em reconhecimento a sua conduta voltada à comunidade. Turistas começaram a chegar em grupos, vindos de muito longe, e pagavam dois centavos cada para descer as escadas e olhar pelo portão de ferro para o dragão enferrujado na masmorra — e custava três centavos a mais para cada grupo se o ferreiro acendesse um fogo colorido para iluminá-lo, e como ele apagava logo, gerava dois centavos e meio de lucro todas as vezes. A esposa de John costumava servir chá a nove centavos por pessoa, e, no geral, as coisas melhoravam a cada semana.

O bebê — chamado John por causa do pai, e com o apelido Johnnie, no diminutivo — começou a crescer logo. Ele era muito amigo de Tina, a filha do ourives, que vivia quase em frente. Era uma menininha linda com rabo de cavalo loiro e olhos azuis, e estava cansada de ouvir a história de como Johnnie, quando bebê, tinha sido cuidado por um dragão.

As duas crianças costumavam ir espiar o animal pelo portão juntas, e às vezes o escutavam resmungando tristemente. Elas acendiam a luz colorida por meio centavo e o observavam. Quando cresceram, ficaram mais sábias.

Por fim, um dia, o prefeito e seus funcionários estavam caçando lebres com suas roupas douradas quando chegaram correndo aos portões da cidade com a notícia de que um gigante corcunda e manco, grande como uma igreja, estava vindo dos pântanos em direção à cidade.

— Estamos perdidos — disse o governante. — Eu daria mil libras a qualquer pessoa que pudesse manter aquele gigante fora da cidade. Sei o que ele come só de ver seus dentes.

Ninguém parecia saber o que fazer. Mas Johnnie e Tina ouviram, entreolharam-se e partiram correndo, tão rápido quanto suas botas permitiam.

Eles foram até a ferraria, desceram os degraus da masmorra e bateram na porta de ferro.

— Quem é? — perguntou o dragão.

— Somos só nós — responderam as crianças.

O dragão estava tão cansado por ter passado dez anos sozinho que disse:

— Entrem, meus caros.

— Você não vai nos ferir, nem soprar fogo em nós nem nada? — perguntou Tina.

E o dragão garantiu:

— Não mesmo.

Assim, entraram e conversaram com ele, contando como estava o clima do lado de fora, o que estava sendo noticiado nos jornais, e, por fim, Johnnie disse:

— Tem um gigante manco na cidade. Ele quer o senhor.

— Quer? — disse o dragão, mostrando os dentes. — Queria estar livre!

— Se o soltarmos, pode fugir antes que ele consiga pegá-lo.

— Sim, pode ser — respondeu o dragão —, mas pode ser que não.

— Por quê? Não lutaria contra ele? — perguntou Tina.

— Não — disse o dragão. — Sou da paz. Sou, sim. Se me soltarem, verão.

Assim, as crianças soltaram o dragão das correntes e da coleira. Ele destruiu uma parte da masmorra e fugiu, parando apenas na ferraria para que o ferreiro ajeitasse sua asa.

A fera encontrou o gigante manco no portão da cidade. O gigante bateu nele com um porrete como se estivesse batendo em uma peça de ferro, e o dragão agiu como uma peça se fundindo, soltando fogo e fumaça. Foi algo feio de se ver; as pessoas observavam de longe, com as pernas trêmulas de medo a cada ruído, mas sempre se levantando para olhar de novo.

Por fim, o dragão venceu. O gigante escapou pelos campos, e o dragão, que estava muito cansado, foi para casa dormir, anunciando sua intenção de comer a cidade de manhã. Ele voltou para sua antiga masmorra porque era um desconhecido na cidade e não sabia de nenhum lugar de respeito onde pudesse ficar. Então, Tina e Johnnie procuraram o governante e os funcionários e disseram:

— O gigante está dominado. Por favor, queremos a recompensa de mil libras.

Mas o prefeito disse:

— Não, não, meu garoto. Não foram vocês que expulsaram o gigante. Foi o dragão. Suponho que o tenham acorrentado de novo? Quando ele vier receber a recompensa, vai levá-la.

— Ele ainda não está acorrentado — respondeu Johnnie. — Devo mandá-lo vir receber a recompensa?

Mas o prefeito disse que ele não precisava se preocupar e ofereceu as mil libras a quem conseguisse acorrentar o dragão de novo.

— Não confio no senhor — retrucou Johnnie. — Veja como tratou meu pai quando ele acorrentou o dragão.

As pessoas que estavam ouvindo à porta interromperam e disseram que se Johnnie conseguisse prender o dragão de novo, eles derrubariam o prefeito e deixariam Johnnie governar em seu lugar, pois estavam insatisfeitos com o mandatário já havia algum tempo, e precisavam de uma mudança.

Então, Johnnie disse:

— Feito. — E partiu, de mãos dadas com Tina. Eles chamaram seus amiguinhos e disseram: — Podem nos ajudar a salvar a cidade?

Todas as crianças responderam:

— Claro que sim, que divertido!

— Bem — disse Tina —, tragam todas as suas tigelas de pão e leite para a ferraria amanhã na hora do café da manhã.

— E se um dia eu for o governante — prometeu Johnnie —, vou fazer um banquete, e vocês serão convidados. E não

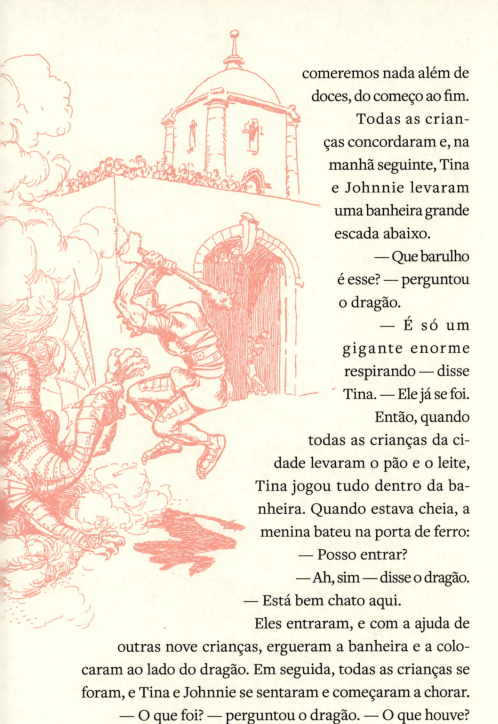

comeremos nada além de doces, do começo ao fim. Todas as crianças concordaram e, na manhã seguinte, Tina e Johnnie levaram uma banheira grande escada abaixo.

— Que barulho é esse? — perguntou o dragão.

— É só um gigante enorme respirando — disse Tina. — Ele já se foi. Então, quando todas as crianças da cidade levaram o pão e o leite, Tina jogou tudo dentro da banheira. Quando estava cheia, a menina bateu na porta de ferro:

— Posso entrar?

— Ah, sim — disse o dragão. — Está bem chato aqui.

Eles entraram, e com a ajuda de outras nove crianças, ergueram a banheira e a colocaram ao lado do dragão. Em seguida, todas as crianças se foram, e Tina e Johnnie se sentaram e começaram a chorar.

— O que foi? — perguntou o dragão. — O que houve?

— São pão e leite — respondeu Johnnie. — É nosso café da manhã, todo.

— Bem, não sei o que vocês querem com café da manhã. Vou comer todo mundo na cidade assim que descansar um pouco.

— Caro senhor dragão — pediu Tina. — Por favor, não nos coma. Você gostaria de ser devorado?

— Não, nem um pouco — confessou o dragão. — Mas ninguém vai me comer.

— Não sei — disse Johnnie —, tem um gigante...

— Eu sei. Briguei com ele, e o venci.

— Sim, mas tem outro agora, aquele com quem brigou era apenas o filho dele. Este de agora é duas vezes maior.

— Ele é sete vezes maior — disse Tina.

— Não, nove vezes — corrigiu Johnnie. — Ele é bem enorme.

— Ah, minha nossa — disse o dragão. — Não esperava isso.

— E o prefeito disse a ele onde você está — prosseguiu Tina —, e ele está vindo devorá-lo assim que afiar seu facão. O prefeito disse que você era um dragão selvagem, mas ele não se importou. Disse que comia apenas dragões selvagens, com creme de pão.

— Isso é cansativo — disse o dragão. — Imagino que essa coisa gosmenta na banheira seja o creme?

As crianças disseram que era.

— Claro — acrescentaram —, o creme só é servido com dragões selvagens. Os domados são servidos com molho de maçã e recheio de cebola. Que pena que você não é domado. Ele nunca o olharia. Adeus, pobre dragão. Nunca mais o veremos, e agora saberá como é ser comido. — E elas começaram a chorar de novo.

— Bem, mas olhem só — ponderou o dragão —, não podem fingir que sou um dragão domado? Digam ao gigante que sou um pobre e tímido dragão domesticado que vocês pegaram para ser seu animal de estimação.

— Ele nunca acreditaria nisso — respondeu Johnnie. — Se fosse nosso dragão domado, deveríamos mantê-lo amarrado, sabe? Não gostaríamos de arriscar perder um animal de estimação tão querido e lindo.

O dragão implorou que eles o prendessem de uma vez, e as crianças obedeceram, usando a coleira e as correntes que tinham sido feitas anos antes, na época em que os homens cantavam enquanto trabalhavam e as faziam fortes o suficiente para aguentar qualquer dificuldade.

Então, eles se foram e contaram às pessoas o que tinham feito. Johnnie se tornou governante, e deu um grande banquete como disse que faria, com nada além de doces. Começou com manjar turco e bolinhos, e passou para laranjas, caramelos, doces de coco e de hortelã, bolinhos de geleia e de damasco, sorvetes e merengues, e terminou com olhos de sogra, biscoitos de gengibre e balinhas ácidas.

Tudo estava bem para Johnnie e Tina, mas se você for uma criança gentil com coração cheio de sentimento, talvez sinta pena do pobre dragão enganado e iludido, amarrado na masmorra entediante, com nada a fazer além de pensar nas mentiras chocantes que Johnnie havia contado a ele.

Quando pensou em como tinha sido enganado, o pobre dragão cativo começou a chorar, e grandes lágrimas desceram por suas escamas enferrujadas. Naquele momento, ele começou a sentir tontura, como as pessoas às vezes sentem depois de chorar, principalmente se ficaram cerca de dez anos sem comer.

A pobre criatura secou os olhos e olhou ao redor, e ali viu a banheira de pão e leite. Então, pensou: *Se os gigantes gostam dessa coisa úmida e branca, talvez eu também goste*, e experimentou, e gostou tanto que comeu tudo.

Quando os turistas chegaram, e Johnnie acendeu a luz colorida, o dragão disse com timidez:

— Peço perdão por perturbar, mas pode me trazer um pouco de pão e leite?

Então Johnnie organizou para que as pessoas andassem com carrinhos todos os dias coletando o pão e o leite das crianças para o dragão. As crianças eram alimentadas à custa da cidade, com o que quisessem comer, e elas não queriam nada além de rosquinhas, bolos e coisas doces, e diziam que o pobre dragão podia comer seu pão e leite à vontade.

Quando Johnnie já tinha sido prefeito por dez anos, aproximadamente, ele se casou com Tina. No dia do casamento, eles foram ver o dragão. O animal tinha se tornado bem manso, algumas de suas placas enferrujadas haviam caído, e por baixo ele era macio e bom de acariciar. Por isso eles o acariciaram.

O dragão disse:

— Não sei como já gostei de comer outra coisa que não seja pão e leite. Sou um dragão domado agora, não sou?

E quando eles disseram que sim, que ele era domado, o dragão pediu:

— Estou tão domado, não pode me soltar?

Algumas pessoas teriam sentido medo de confiar nele, mas Johnnie e Tina estavam tão felizes com seu casamento que não podiam acreditar que alguém fosse capaz de fazer mal a outra pessoa no mundo. Por isso, soltaram as correntes, e o dragão disse:

— Com licença por um momento, há uma ou duas coisas que gostaria de pegar. — Ele foi até os degraus misteriosos e desceu, entrando na escuridão. E conforme se movimentava, mais de suas placas enferrujadas caíam.

Em poucos minutos, eles o ouviram subir os degraus. O dragão levava algo em sua boca — era um saco de ouro.

— Não serve para mim. Talvez vocês considerem isso útil.

Eles lhe agradeceram com gentileza.

— Tem mais de onde veio esse — continuou o dragão, e pegou mais e mais e mais, até os dois pedirem para ele parar. Estavam ricos, assim como seus pais e mães. De fato, todo mundo estava rico, não havia mais pessoas pobres na cidade. E todos eles ficaram ricos sem trabalhar, o que é muito errado, mas o dragão nunca tinha ido à escola, como você foi, por isso não sabia como podia ser diferente.

Quando o dragão saiu da masmorra, seguindo Johnnie e Tina para as cores azuis e douradas do dia do casamento deles, piscou como um gato à luz do dia e se chacoalhou, e as últimas placas caíram, assim como suas asas, e ele ficou parecendo um gato muito grande. A partir daquele dia, ele foi ficando mais e mais peludo, e foi o começo de todos os gatos. Nada do dragão permaneceu, exceto as garras, que todos os gatos ainda têm, como é possível ver.

  E espero que agora você entenda como é importante alimentar seu gato com pão e leite. Se você o deixar sem nada para comer, além de ratos e pássaros, ele pode ficar maior e mais feroz, com escamas e cauda, desenvolver asas e se tornar o início dos dragões. E toda a confusão começaria de novo.

HISTÓRIA SETE

O DRAGÃO FEROZ
OU O CORAÇÃO DE PEDRA E O CORAÇÃO DE OURO

EDITH NESBIT

O jovem Élfico e a princesa Sabrinetta precisam unir forças para livrar o reino da ameaça de um inimigo ainda pior que o dragão que aterroriza o reino.

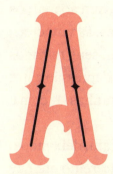princesinha branca[2] sempre acordava em sua caminha branca quando os estorninhos começavam a piar na manhã cinza. Assim que as matas despertavam, ela subia correndo com os pezinhos descalços as escadas espiraladas até o topo da torre e, em sua camisola branca, mandava beijos ao sol, à mata e à cidade adormecida, e dizia:

— Bom dia, lindo mundo!

Depois, ela descia correndo os degraus frios de pedra e se vestia com uma saia curta, touca e avental e começava o dia de trabalho. Varria os cômodos e preparava o café da manhã, lavava os pratos e areava as panelas, e fazia tudo isso porque era uma princesa de verdade. Porque, de todos que deveriam tê-la servido, apenas uma pessoa permanecia fiel, sua antiga babá, que havia vivido com ela na torre durante

---

2 Nesta história, independentemente de possíveis interpretações em relação à conexão entre o tom de pele da princesa e suas virtudes, é possível perceber preconceitos inaceitáveis da época. [N. E.]

toda a vida da princesa. Mas a babá estava velha e fraca, e a princesa não permitia que ela trabalhasse. Assim, fazia todo o serviço de casa sozinha, enquanto a babá permanecia sentada e costurava, porque aquela era uma princesa de verdade, com pele como leite, cabelos como linhaça e um coração de ouro.

Seu nome era Sabrinetta. Sua avó, Sabra, casou-se com São Jorge depois de ele matar o dragão, e pelos direitos reais, todo o país pertencia a ela: as matas que se espalhavam até as montanhas; as encostas que levavam ao mar; os belos campos de milho e centeio; as oliveiras; as vinheiras; e a cidadezinha, com suas torres e torreões, seus telhados inclinados e janelas estranhas, que ficava na depressão entre o mar — com seu redemoinho — e as montanhas — com a neve e o nascer do sol rosado.

Mas, quando os pais morreram, deixando o primo dela para cuidar do reino até que

Sabrinetta crescesse, ele, por ser um príncipe muito malvado, tirou-lhe tudo. Todas as pessoas o seguiram, e já não restava nada das posses de Sabrinetta, exceto a grande torre à prova de dragão que seu avô, São Jorge, tinha construído; e, de todos que deveriam ter sido seus bons empregados, apenas a boa babá.

Por isso, Sabrinetta foi a primeira pessoa de toda a terra a conseguir ver a maravilha.

Cedo, cedo, bem cedo, enquanto todos na cidade dormiam profundamente, ela subiu correndo os degraus da torre e olhou para o campo. Do outro lado havia uma roseira espinhosa, e então algo muito claro e brilhoso se remexeu entre os espinhos e se afastou de novo. Foi só por um instante, mas a princesa conseguiu ver com clareza, e disse a si mesma:

— Minha nossa, que criatura curiosa, cintilante, brilhosa! Se fosse maior, e se eu não soubesse que não há monstros enormes faz tempos, quase pensaria se tratar de um dragão.

A coisa, o que quer que fosse, parecia um dragão, mas era pequeno demais; e também parecia um lagarto, mas era muito grande. Era comprido como um tapete.

— Queria que ele não estivesse com tanta pressa de voltar para a mata — disse Sabrinetta. — Claro, é bem seguro para mim, em minha torre à prova de dragão; mas, se for um dragão, é grande o suficiente para comer pessoas. Hoje é 1º de maio, e as crianças saem para pegar flores na mata.

Quando Sabrinetta terminou o serviço de casa (ela não deixava poeira em nenhum lugar, nem mesmo no canto mais escondido da escada enorme), vestiu o vestido branco como leite, de seda, com a estampa de bem-me-quer, e foi para o topo da torre de novo.

Pelos campos, grupos de crianças se encaminhavam para colher flores, e o som das risadas e da cantoria subia até o topo da torre.

— Espero que não tenha sido um dragão — disse Sabrinetta.

As crianças iam de duas em duas e de três em três e de dez em dez e de vinte em vinte, e o vermelho, azul, amarelo e branco de suas roupas se espalhavam pelo verde do campo.

— É como um manto de seda verde com flores — comentou a princesa, sorrindo.

Então, duas, três, dez e vinte por vez, as crianças desapareceram na mata, até o manto do campo ficar plano e verde de novo.

— Todo o bordado está desfeito — disse a princesa, suspirando.

O sol brilhava, o céu estava azul, os campos estavam muito verdes, e todas as flores eram mesmo muito coloridas, porque era maio.

De repente, uma nuvem passou na frente do sol, o silêncio foi quebrado por berros vindos de longe e, como um mar multicolorido, todas as crianças saíram da mata — uma onda vermelha, azul, amarela e branca atravessando o campo, gritando enquanto corriam. A voz delas chegou até a princesa na torre, e ela ouviu as palavras unidas nos gritos como contas em agulhas pontiagudas:

— O dragão, o dragão, o dragão! Abram os portões! O dragão está vindo! O dragão feroz!

Elas cruzaram o campo e entraram na cidade. A princesa escutou o portão batendo, e as crianças sumiram de vista. Mas, do outro lado do campo, as roseiras estalaram e farfalharam, e algo muito grande, brilhante e horrível amassou os galhos no chão por um momento antes de se esconder de novo na mata.

A princesa desceu e contou à babá, que logo trancou a porta grande da torre e colocou a chave no bolso.

— Deixe que elas cuidem de si mesmas — disse ela quando a princesa implorou para poder sair e ajudar a cuidar das crianças. — Meu trabalho é cuidar de você, minha preciosa, e vou fazer isso. Apesar de ser velha, ainda consigo fazer as coisas.

Então, Sabrinetta subiu de novo até o topo da torre e chorou quando pensou nas crianças e no dragão feroz. Pois ela sabia, claro, que os portões da cidade não eram à prova de dragões, e que o animal podia simplesmente entrar quando quisesse.

As crianças correram diretamente ao palácio, onde o príncipe batia seu açoite de caça no canil, e contaram a ele o que havia acontecido.

— Muito bem — disse o príncipe, e mandou que trouxessem sua manada de hipopótamos. Ele tinha o costume de caçar animais grandes com hipopótamos, e as pessoas não teriam se importado muito, mas o príncipe percorria as ruas da cidade com sua manada roncando e grunhindo atrás dele e, quando fazia isso, o vendedor de verduras, que tinha sua banquinha na feira, sempre se lamentava. O vendedor de utensílios, que espalhava seus itens na calçada, também tinha prejuízo sempre que o príncipe decidia exibir sua manada.

O príncipe saiu da cidade com os hipopótamos, e as pessoas entravam em casa o mais depressa que podiam quando ouviam o som da manada e o tocar da corneta. Os animais passaram pelos portões da cidade e cruzaram os campos para caçar o dragão. Poucos de vocês, que não viram uma manada de hipopótamos berrando, poderão imaginar como foi a caçada. Para começar, os hipopótamos não uivam como cães; eles roncam como porcos, e o ronco deles é muito forte e alto. E, claro, ninguém espera que hipopótamos saltem. Eles simplesmente passam pelos arbustos e pelo milho, causando sérios prejuízos às plantações, perturbando muito os agricultores. Todos os hipopótamos tinham coleiras com seus nomes e endereço gravados, mas quando os agricultores chegavam ao palácio para reclamar dos danos a suas plantações, o príncipe dizia que era bem feito para eles por fazerem as plantações no meio do caminho, e nunca pagava por nada.

Então, quando ele e seu bando saíram, diversas pessoas na cidade cochicharam:

— Bem que o dragão podia comê-lo. — O que era algo bem errado de se dizer, sem dúvida, mas ele era um príncipe muito malvado.

Eles caçaram pelo campo e por todos os cantos, varreram as matas, mas não encontraram o rastro. O dragão estava tímido, não aparecia.

Quando o príncipe estava começando a pensar que não havia dragão nenhum, apenas um galo e um touro, seu velho hipopótamo preferido sinalizou. O príncipe tocou a corneta e gritou:

— Achei! Em frente! Logo ali!

E a manada toda partiu morro abaixo em direção ao vale perto da mata. Lá, bem à vista, estava o dragão, enorme, brilhando como uma fornalha e cuspindo fogo, mostrando os dentes brilhantes.

— A caçada terminou! — gritou o príncipe.

E foi o fim, mesmo. Porque o dragão — em vez de se comportar como uma presa se comportaria, fugindo — correu em direção a eles. O príncipe, montado em seu elefante, ficou horrorizado ao ver a incrível manada ser engolida, um por um, em um piscar de olhos, pelo dragão que eles tinham saído para caçar. A fera engoliu todos os hipopótamos assim como um cachorro engole pedaços de carne. Foi chocante de ver. De toda a manada que tinha aparecido tão feliz ao som da corneta, nem mesmo um filhote tinha sobrado, e o dragão olhava ansioso ao redor para ver se tinha se esquecido de alguma coisa.

O príncipe desceu do elefante pelo outro lado e correu para a parte mais densa da mata. Ele torceu para que o dragão não conseguisse passar pelos arbustos ali, já que eram muito fortes e emaranhados. Ele foi rastejando de um jeito pouco nobre e, por fim, entrou em uma árvore oca. A mata estava muito silenciosa, sem sons de galhos e sem cheiro de queimado para assustar o príncipe. Ele bebeu todo o líquido da garrafa de metal que levava no ombro e esticou as pernas na árvore oca. Não derramou nem uma lágrima pelos pobres hipopótamos que tinham comido em sua mão e o seguido fielmente nos prazeres da caça por tantos anos. Porque ele era um falso príncipe, com uma pele como couro, cabelo como arbustos e um coração como pedra. Não derramou nem uma lágrima, só foi dormir.

Quando acordou, estava escuro. O príncipe saiu da árvore e esfregou os olhos. A mata estava escura, mas havia um brilho rubro em um vale próximo. Era uma fogueira de gravetos, e ao lado dela estava um jovem desgrenhado com cabelo comprido e amarelo. Ao redor dele, havia seres dormindo e respirando pesado.

— Quem é você? — perguntou o príncipe.

— Sou Élfico, o cuidador de porcos — respondeu o jovem desgrenhado. — E quem é você?

— Sou Cansativo, o príncipe.

— E o que você está fazendo fora de seu palácio a essa hora da noite? — perguntou o cuidador de porcos, com severidade.

— Estou caçando.

Élfico riu.

— Ah, então foi você quem eu vi? Uma boa caçada, não foi? Meus porcos e eu estávamos analisando.

Todos os seres que dormiam resmungaram e roncaram, e o príncipe viu que se tratavam de porcos. Ele soube pelo jeito deles.

— Se você soubesse tanto quanto eu sei — prosseguiu Élfico—, poderia ter salvado sua manada.

— O que quer dizer? — perguntou Cansativo.

— Bem, o dragão. Você saiu na hora errada do dia. O dragão deve ser caçado à noite.

— Não, obrigado — recusou o príncipe, dando de ombros. — Uma caçada à luz do dia é boa o suficiente para mim, seu cuidador de porcos tolo.

— Ah, bem... — disse Élfico. — Faça o que quiser a respeito... O dragão virá caçá-lo amanhã, provavelmente. Não me importo se ele vier, seu príncipe tolo.

— Você é muito grosseiro — reclamou Cansativo.

— Ah, não, apenas sincero — retrucou Élfico.

— Bem, conte-me a verdade, então. O que é que, se eu tivesse sabido tanto quanto você, me faria não perder meus hipopótamos?

— Você não fala nosso idioma muito bem — disse Élfico. — Mas vá lá, o que vai me dar se eu contar?

— Se você contar o quê? — perguntou o príncipe.

— O que você quer saber.

— Não quero saber nada.

— Então você é mais tolo do que pensei. Não quer saber como dominar o dragão antes que ele domine você?

— Pode ser que sim — admitiu o príncipe.

— Bem, nunca tive muita paciência, e agora posso garantir que não tenho muita sobrando. O que você vai me dar se eu contar?

— Metade de meu reino — disse o príncipe —, e a mão de minha prima em casamento.

— Feito — concordou o cuidador de porcos. — Aqui vai! O dragão encolhe à noite! Ele dorme sob a raiz desta árvore. Eu o uso para acender meu fogo.

E, como era de esperar, ali, embaixo da árvore, estava o dragão em um ninho de lodo queimado, e ele tinha o comprimento de um dedo.

— Como posso matá-lo? — perguntou o príncipe.

— Não sei se você pode matá-lo, mas, se trouxe algo dentro do qual colocá-lo, pode levá-lo embora. Esta garrafa seria suficiente.

Os dois conseguiram, com a ajuda de gravetos e chamuscando um pouco os dedos, cutucar e empurrar o dragão até fazerem com que ele entrasse na garrafa. Então, o príncipe rosqueou a tampa e a fechou.

— Agora nós o pegamos — disse Élfico. — Vamos levá-lo para casa e colocar o selo de Salomão na boca da garrafa, então estará seguro. Vamos, dividiremos o reino amanhã, e enfim terei algum dinheiro para comprar boas roupas para sair e fazer a corte.

Mas quando o príncipe malvado fazia promessas, ele não as fazia para cumpri-las.

— Ir com você! O que quer dizer? — perguntou ele.
— Encontrei o dragão e o prendi. Não falei nada a respeito de cortejos ou reinos. Se você disser que falei, cortarei sua cabeça imediatamente. — E empunhou sua espada.

— Tudo bem — respondeu Élfico, dando de ombros. — Estou melhor do que você, de qualquer forma.

— O que quer dizer?

— Bem, você só tem um reino e um dragão, mas eu estou com as mãos limpas e tenho setenta e cinco bons porcos pretos.

Então, Élfico se sentou de novo perto da fogueira, e o príncipe foi para casa e contou ao Parlamento como tinha sido esperto e corajoso, e apesar de ter acordado todos de propósito para contar, eles não ficaram irritados, mas disseram:

— Você é mesmo corajoso e esperto. — Pois sabiam o que acontecia com pessoas que desagradavam o príncipe.

Então, o primeiro-ministro solenemente colocou o selo de Salomão na boca da garrafa, e a guardaram na Tesouraria, que era o prédio mais forte da cidade, feito de cobre maciço, com paredes grossas como a Ponte Waterloo.

A garrafa foi deixada entre os sacos de ouro, e o secretário júnior, subordinado do atendente júnior do último oficial do Tesouro, foi escolhido para passar a noite com ela e ver se algo acontecia. O secretário júnior nunca tinha visto um dragão e, além disso, não acreditava que o príncipe já tivesse visto um. O príncipe nunca tinha sido um rapaz honesto, e seria normal para ele levar uma garrafa para casa sem nada dentro e fingir que havia um dragão ali. Assim, o secretário júnior não se importou com sua missão. Eles lhe deram a chave, e quando todo mundo na cidade voltou para a cama, o guardião deixou que entrassem alguns dos secretários juniores de outros departamentos do governo, e brincaram de esconde-esconde entre os sacos de ouro e usaram os diamantes, rubis e pérolas como bolinhas de gude nos grandes baús de marfim.

Eles se divertiram muito, mas, aos poucos, a sala de cobre começou a ficar mais e mais quente. De repente, o secretário júnior gritou:

— Vejam, a garrafa!

A garrafa fechada com o selo de Salomão tinha triplicado de tamanho e parecia incandescente, o ar ficava mais e mais quente, e a garrafa maior e maior, até todos os secretários juniores concordarem que o lugar estava abafado demais para eles, e saíram, tropeçando uns nos outros na pressa. Assim que o último saiu e trancou a porta, a garrafa estourou, o dragão saiu — muito feroz, inchando mais e mais a cada minuto — e começou a comer os sacos de ouro e a mastigar as pérolas, os diamantes e os rubis como se fossem açúcar.

Na hora do café da manhã, a fera já tinha devorado todos os tesouros do príncipe, e quando Cansativo apareceu na rua cerca de onze horas, encontrou o dragão saindo da porta quebrada da Tesouraria, com ouro derretido ainda pingando de suas presas. Então, o príncipe se virou e correu para se salvar. Enquanto corria em direção à torre à prova de dragões, a pequena princesa branca o viu se aproximar, desceu correndo, destrancou a porta, deixou-o entrar e bateu com tudo a porta à prova de dragão na cara feroz do

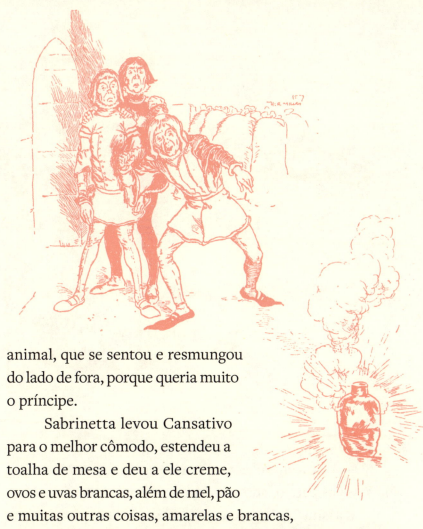

animal, que se sentou e resmungou do lado de fora, porque queria muito o príncipe.

Sabrinetta levou Cansativo para o melhor cômodo, estendeu a toalha de mesa e deu a ele creme, ovos e uvas brancas, além de mel, pão e muitas outras coisas, amarelas e brancas, boas para comer, e o serviu de maneira tão gentil quanto teria feito se ele fosse qualquer um e não o príncipe malvado que tinha roubado seu reino e ficado com ele para si, porque ela era uma princesa de verdade e tinha um coração de ouro.

Depois de beber e comer, ele implorou para que a princesa lhe mostrasse como trancar e destrancar a porta. A babá estava dormindo, por isso não havia ninguém ali para dizer não a Sabrinetta, e ela prosseguiu.

— Vire a chave desta forma, e ela se fecha. Mas vire-a nove vezes para o lado errado, e a porta se escancara.

E assim foi. Logo que a porta se abriu, o príncipe empurrou a princesa branca para fora da torre, assim como a havia empurrado para fora do reino, e a fechou, porque queria que a torre fosse só dele. E ali ela ficou, na rua, e do outro lado o dragão ficou resmungando, mas não tentou comê-la porque — apesar de a velha babá não saber — dragões não podem comer princesas com coração de ouro.

Sabrinetta não podia caminhar pelas ruas da cidade com seu vestido de seda com margaridas, e sem chapéu e sem luvas, por isso se virou para o outro lado e correu pelos campos, em direção à mata. Ela nunca tinha saído de sua torre, e a grama macia sob seus pés parecia a grama do paraíso.

A princesa correu para a parte mais densa da mata, porque não sabia do que o coração dela era feito, e estava com medo do dragão. Ali, em um vale, ela encontrou Élfico e seus setenta e cinco belos porcos. Ele tocava flauta, e, ao redor, os porcos dançavam animados nas patas traseiras.

— Minha nossa — disse a princesa —, cuide de mim! Estou com tanto medo!

— Cuidarei — assentiu Élfico, abraçando-a. — Agora você está segura. Do que estava com medo?

— Do dragão.

— Ele saiu da garrafa. Espero que tenha comido o príncipe.

— Não — respondeu Sabrinetta. — Mas por quê?

Élfico contou sobre o truque malvado que o príncipe tinha feito com ele.

— E me prometeu metade de seu reino e a mão de sua prima, a princesa.

— Minha nossa, que vergonha! — exclamou Sabrinetta, tentando sair de seus braços. — Como ele ousa?

— O que está havendo? — perguntou Élfico, abraçando-a com mais força. — Foi uma vergonha ou, pelo menos, pensei assim. Mas agora ele pode manter seu reino, metade e todo, se eu puder ficar com o que tenho.

— E o que seria? — questionou a princesa.

— Bem, você, minha bela — disse Élfico —, e quanto à princesa, sua prima, perdoe-me, querida, mas quando me interessei por ela, não tinha visto a princesa real, a única princesa, *minha* princesa.

— Você se refere a mim? — perguntou Sabrinetta.

— Quem mais?

— Sim, mas há cinco minutos você nunca tinha me visto!

— Cinco minutos atrás, eu era um cuidador de porcos; agora que abracei você, sou um príncipe, por mais que tenha que manter os porcos até o fim dos meus dias.

— Mas você não *me* perguntou — disse a princesa.

— Você me pediu para cuidar de você, e eu farei isso... por toda a minha vida.

Assim ficou estabelecido, e eles começaram a conversar sobre coisas importantes, como o dragão e o príncipe. Durante todo o tempo, Élfico não sabia que aquela era a princesa, mas sabia que ela tinha um coração de ouro, e lhe disse isso muitas vezes.

— O erro — disse Élfico — foi não ter uma garrafa à prova de dragões. Consigo entender isso agora.

— Ah, só isso? — perguntou a princesa. — Posso conseguir uma delas com facilidade, porque tudo em minha torre é à prova de dragões. Precisamos fazer algo para pegar o dragão e salvar as criancinhas.

Assim, ela partiu para buscar a garrafa, mas não deixou Élfico acompanhá-la.

— Se o que você diz é verdade, se tem certeza de que eu tenho um coração de ouro, o dragão não vai me ferir, e alguém deve ficar com os porcos.

Élfico tinha certeza, por isso deixou que ela partisse.

Sabrinetta encontrou a porta da torre aberta. O dragão tinha esperado pacientemente pelo príncipe, e assim que ele abriu a porta e saiu — apesar de ter ficado fora apenas um instante para postar uma carta ao primeiro-ministro dizendo onde estava e pedindo para que mandassem a brigada de incêndio para lidar com a fera —, o dragão o comeu. Então, voltou para a mata, porque estava chegando a hora de ele encolher para passar a noite.

Então, Sabrinetta entrou e beijou sua babá, preparou uma xícara de chá e explicou o que ia acontecer, e que ela tinha um coração de ouro, por isso o dragão não poderia comê-la. A babá viu que era claro que a princesa estava segura, então a beijou e deixou que ela se fosse.

Sabrinetta pegou a garrafa à prova de dragões, feita de latão polido, e voltou correndo para a mata, até o vale onde Élfico estava sentado entre os porcos pretos, esperando-a.

— Pensei que você nunca fosse voltar — disse ele. — Passou um ano fora, pelo menos.

A princesa se sentou ao lado dele entre os porcos, e permaneceram de mãos dadas até escurecer. Então, o dragão rastejou pelo lodo, queimando tudo ao passar, ficando cada vez menor, e se enrolou embaixo da raiz da árvore.

— Agora, você segura a garrafa — ordenou Élfico.

Cutucou o dragão com pedaços de graveto até ele entrar na garrafa à prova de dragões. Mas não havia tampa.

— Tudo bem. Vou colocar meu dedo para servir de tampa.

— Não, deixe-me fazer isso — retrucou a princesa.

Mas é claro que Élfico não deixou. Ele enfiou o dedo na boca da garrafa, e Sabrinetta gritou:

— O mar, o mar, corra para o penhasco! — E eles partiram, com setenta e cinco porcos trotando sem parar atrás deles em uma longa procissão.

A garrafa ficava cada vez mais quente nas mãos de Élfico, porque o dragão soprava fogo e fumaça com toda a sua força lá de dentro, mas Élfico se manteve firme até eles chegarem à beira do penhasco, e ali estava o mar azul-escuro, e o redemoinho rodando sem parar.

Élfico ergueu a garrafa bem acima da cabeça e a lançou entre as estrelas e o mar, e ela caiu no meio do redemoinho.

— Salvamos o país — disse a princesa. — Você salvou as criancinhas. Agora me dê suas mãos.

— Não posso — respondeu Élfico. — Nunca mais conseguirei segurar suas mãos de novo. As minhas estão queimadas.

E estavam, havia apenas cinzas onde as mãos dele deveriam estar. Sabrinetta as beijou e chorou sobre elas, rasgou pedaços de seu vestido de seda para amarrá-las, e os dois voltaram para a

torre e contaram tudo à babá. Os porcos ficaram do lado de fora esperando.

— Ele é o homem mais corajoso do mundo. Salvou o país e as criancinhas, mas ah, as mãos dele, suas pobres e queridas mãozinhas!

Naquele momento, a porta da sala se abriu, e o mais velho dos setenta e cinco porcos entrou. Ele foi até Élfico e se esfregou nele com roncos amorosos.

— Veja a amável criatura — disse a babá, secando uma lágrima. — Ele sabe, ele sabe!

Sabrinetta acariciou o porco, porque Élfico não tinha mãos para acariciar ou para fazer o que quer que fosse.

— A única cura para uma queimadura de dragão — explicou a velha babá — é gordura de porco, e essa leal criatura sabe bem disso...

— Eu não faria isso nem por um reino — gritou Élfico, acariciando o porco da melhor maneira possível com seu cotovelo.

— Não tem outra cura? — perguntou a princesa.

Em seguida, outro porco enfiou o focinho pela porta, e mais um e mais outro, até a sala ficar cheia de porcos, uma massa enorme escura e redonda, empurrando e se esforçando para chegar até Élfico, roncando baixo na linguagem de verdadeiro afeto.

— Tem mais uma — disse a babá. — Os queridos e carinhosos animais... Todos querem morrer por você.

— Qual é a outra cura? — perguntou Sabrinetta, com ansiedade.

— Se um homem for queimado por um dragão, e um determinado número de pessoas estiver disposto a morrer por ele, é suficiente se cada uma beijar a queimadura e desejar seu bem do fundo do coração.

— O número! O número! — gritou Sabrinetta.

— Setenta e sete — respondeu a babá.

— Temos apenas setenta e cinco porcos — disse a princesa —, e comigo são setenta e seis!

— Deve ser setenta e sete, e não posso morrer por ele, por isso nada pode ser feito — explicou a babá, com tristeza. — Ele terá mãos de cortiça.

— Eu sabia sobre as setenta e sete pessoas amorosas — disse Élfico. — Mas nunca pensei que meus queridos porcos me amassem tanto assim, e minha querida também; claro que isso só torna tudo mais impossível. Existe outro encanto que cura queimaduras de dragões, mas prefiro ser todo chamuscado a me casar com alguém que não seja você, minha querida, minha linda.

— Minha nossa, com quem você deve se casar para curar suas queimaduras de dragão? — perguntou Sabrinetta.

— Uma princesa. Foi assim que São Jorge curou suas queimaduras.

— Veja só! Imagine! — disse a babá. — E eu nunca ouvi contarem dessa cura, com toda a minha idade.

Mas Sabrinetta abraçou Élfico, e o abraçou como se não fosse soltá-lo nunca.

— Está tudo bem, meu querido, corajoso e precioso Élfico — chorou ela —, pois sou uma princesa, e você será

O DRAGÃO FEROZ
HISTÓRIA SETE

meu príncipe. Venha, babá, não pare para colocar seu chapéu. Vamos nos casar agora mesmo.

Eles saíram, e os porcos os seguiram, movendo-se em sua escuridão, de dois em dois. Assim que Élfico se casou com a princesa, as mãos dele ficaram boas. E as pessoas, que estavam fartas do príncipe Cansativo e seus hipopótamos, saudaram Sabrinetta e seu marido como soberanos da terra por direito.

Na manhã seguinte, o príncipe e a princesa foram ver se o dragão tinha sido levado para a praia. Eles não o encontraram, mas, quando olharam em direção ao redemoinho, viram uma nuvem de vapor. Os pescadores contaram que por quilômetros e quilômetros a água estava tão quente que seria possível fazer a barba com ela! E como a água é quente ali até hoje, podemos ter certeza de que a ferocidade daquele dragão é tamanha que toda a água do mar não foi suficiente para esfriá-lo. O redemoinho é forte demais para ele conseguir sair, então o dragão fica girando e girando sem parar, realizando um trabalho útil por fim, e esquentando a água para que pescadores pobres se barbeiem.

O príncipe e a princesa governam a terra bem e com sabedoria. A babá vive com eles, e não faz nada além de costurar, e só quando quer muito. O príncipe não tem hipopótamos e, consequentemente, é muito popular. Os setenta e cinco porcos dedicados vivem em chiqueiros de mármore branco com detalhes em latão e com "Porco" escrito na placa da porta. São lavados duas vezes por dia com esponjas turcas e sabão perfumado com violetas, e ninguém critica o fato de seguirem o príncipe quando ele passa pelos lugares, porque eles se comportam lindamente, sempre se mantêm na calçada e obedecem às regras de não caminhar na grama. A princesa os alimenta todos os dias com as próprias mãos, e sua primeira atitude depois da ascensão ao trono foi para que a palavra "porco" nunca fosse dita na dor da morte, e todos os pratos com carne de porco deveriam ser excluídos dos livros de receitas.

⊢ HISTÓRIA OITO

O GENTIL EDMUND
OU AS CAVERNAS E A COCATRIZ

⊢ EDITH NESBIT

Um dia, Edmund, um garoto muito gentil e aventureiro, explora uma caverna e escuta três curiosos sons — ao tentar desvendá-los, ele coloca toda a cidade sob as garras de uma dragoa.

Edmund era um garoto. As pessoas que não gostavam dele diziam que era o garoto mais cansativo que já tinha existido, mas sua avó e seus outros amigos diziam que ele tinha uma mente questionadora. E a avó sempre acrescentava que era o melhor dos garotos. Mas ela era muito gentil e muito velha.

Edmund adorava fazer descobertas. Talvez você pense que, nesse caso, ele sempre fosse à escola, já que ali, mais do que em qualquer outro lugar, podemos aprender o que há para ser aprendido. Mas Edmund não queria aprender coisas, ele queria descobrir, o que é bem diferente. Sua mente questionadora fazia com que ele desmontasse relógios para ver como eram feitos e tirasse as trincas das portas para ver como se encaixavam. Edmund cortava a bola de borracha para ver o que fazia com que ela quicasse, mas nunca conseguiu ver de fato, assim como você não conseguiu quando fez o mesmo experimento.

Edmund vivia com a avó. Ela o amava muito, apesar de sua mente questionadora, e quase não o repreendeu quando ele entortou o pente de casco de tartaruga dela em sua ansiedade para descobrir se era feito de casco de tartaruga realmente ou de algo que queimava. Edmund ia para a escola, claro, de vez em quando, e às vezes não conseguia deixar de aprender alguma coisa, mas nunca fazia isso de propósito.

— É uma enorme perda de tempo. Eles só sabem o que todo mundo sabe. Quero descobrir coisas novas que ninguém além de mim tenha pensado.

— Não acho que você descobrirá algo que nenhum dos sábios do mundo não tenha pensado em todos esses milhares de anos — respondia a avó.

Mas Edmund não concordava com ela. Ele cabulava aula sempre que podia, pois era um menino de bom coração e não conseguia pensar que um professor perderia tempo e trabalho com um garoto como ele — que não queria aprender, só descobrir — se havia tantos rapazes sedentos por estudar geografia, história, leitura e cálculo, além da "autoajuda" do sr. Sorrisos.

Outros meninos também cabulavam aulas, claro, e saíam para colher castanhas, amoras ou ameixas, mas Edmund nunca ia para o lado da cidade onde a mata e os arbustos cresciam. Ele sempre subia a montanha com as grandes rochas e os altos pinheiros escuros, onde outras pessoas temiam ir devido aos barulhos estranhos que vinham das cavernas.

Edmund não sentia medo desses ruídos, apesar de serem muito estranhos e terríveis. Ele queria descobrir o que os causava.

Um dia, descobriu. Ele havia inventado, sozinho, uma lanterna muito diferente, feita com um copo e um nabo, e quando tirou a vela do quarto da avó para usar, surgiu uma luz esplêndida.

O menino teve que ir à escola no dia seguinte, e foi castigado por faltar sem justificativa, apesar de explicar de modo muito direto que estivera ocupado fazendo a lanterna e não teve tempo de chegar à escola.

Mas no outro dia, Edmund acordou muito cedo, pegou o almoço que a avó tinha preparado para ele levar para a escola — dois ovos cozidos e um pastel de maçã — e a lanterna, e partiu direto, como uma flecha, em direção às montanhas para explorar as cavernas.

As cavernas estavam muito escuras, mas a lanterna as iluminou de uma maneira bonita. Eram cavernas muito interessantes, com estalactites, estalagmites e fósseis, e todas as coisas sobre as quais se lia nos almanaques para jovens. Edmund não se importou com nada disso. Ele queria descobrir o que fazia os ruídos que as pessoas temiam, mas não encontrou nenhuma pista.

Então, ele se sentou na maior caverna, ouviu com atenção, e achou que conseguia distinguir três sons diferentes. Ouviu um farfalhar pesado, como um homem muito grande e idoso adormecido depois do jantar; ao mesmo tempo também ouviu um ronco mais suave; e uma espécie de cacarejo, como o que uma galinha do tamanho de uma cabana poderia fazer.

— Parece — disse Edmund a si mesmo — que o cacarejo está mais próximo do que os outros.

Ele partiu e explorou as cavernas mais uma vez. Não descobriu nada, mas, perto da parede da caverna, viu um buraco. E, sendo um garoto, subiu até lá e rastejou para dentro — era o começo de uma passagem de pedra. O som do cacarejo parecia mais claro do que antes, e quase não dava para ouvir os outros ruídos.

— Vou descobrir algo, finalmente — comemorou Edmund, avançando.

A passagem se retorcia e revirava, retorcia e revirava, retorcia e revirava, mas Edmund seguiu em frente.

— Minha lanterna está iluminando cada vez melhor — disse ele, mas em seguida percebeu que a claridade não vinha dela. Era uma luz amarela pálida, e brilhava na passagem à frente dele pelo que parecia a fresta de uma porta.

— Imagino que seja o fogo do centro da Terra — disse Edmund, que não tinha aprendido sobre aquilo na escola.

Mas, de repente, o fogo à frente ficou pálido e diminuiu, e o cacarejo parou.

Edmund dobrou uma esquina e se viu na frente de uma porta de pedra, que estava entreaberta. Ele entrou e encontrou uma caverna redonda, como o domo de uma catedral. No meio da caverna, havia uma abertura como uma enorme bacia de lavatório e, sentada no meio dela, Edmund viu alguém grande e pálido.

A criatura tinha rosto de homem e corpo de grifo, além de grandes asas, cauda de cobra e penas de crista e de pescoço de galo.

— O que é você? — perguntou Edmund.

— Sou uma pobre e faminta cocatriz — respondeu o ser pálido com uma voz muito fraca —, e morrerei, ah, sei que morrerei! Meu fogo se apagou! Não sei dizer como isso aconteceu. Acho que eu estava dormindo. Preciso mexer nele sete vezes com minha cauda uma vez a cada cem anos para mantê-lo aceso, mas meu relógio deve estar errado. E agora, morrerei.

Acho que já disse que Edmund era um menino de ótimo coração.

— Anime-se. Acenderei o fogo para você.

Ele se foi e, em poucos minutos, voltou com os braços cheios de gravetos de pinheiro que pegou do lado de fora. Com eles e um ou dois manuais que tinha esquecido de perder e que, por descuido, estavam em seu bolso, Edmund acendeu uma fogueira ao redor da cocatriz. A madeira ardeu, e logo algo na bacia pegou fogo. O menino viu que se tratava de um líquido que espalhava as chamas rapidamente. Naquele momento, a cocatriz as atiçou com a cauda e bateu as asas, fazendo com que o fogo alcançasse a mão de Edmund, causando uma queimadura feia. Mas a cocatriz ficou vermelha, forte e feliz; sua crista ficou escarlate; as penas, lustrosas; e ela se arrepiou toda, cacarejando:

— Coo-coo-ro-coooo! — Em alto e bom tom.

O coração bondoso de Edmund ficou feliz ao ver que a cocatriz estava tão saudável.

— Imagina! — respondeu à criatura que o agradecia.
— Mas o que posso fazer por você?
— Conte-me histórias.
— Sobre o quê? — perguntou a cocatriz.
— Sobre coisas verdadeiras que não ensinam na escola — disse o menino.

A cocatriz começou contando a ele a respeito das minas, dos tesouros e formações geológicas, sobre gnomos, fadas e dragões, sobre geleiras, a Idade da Pedra e os primórdios do mundo, sobre o unicórnio e a fênix, e sobre magia branca e negra.

Edmund comeu os ovos e o pastel, e escutou. Quando sentiu fome de novo, disse adeus e foi para casa. Mas voltou no dia seguinte para mais histórias, e no outro dia, e no outro, por muito tempo.

Ele contou aos meninos da escola a respeito da cocatriz e suas histórias incríveis e verdadeiras, e os meninos gostaram das histórias. No entanto, quando contou aos professores, foi castigado por mentir.

— Mas é verdade — protestou Edmund. — Veja onde o fogo queimou minha mão.

— Vejo que você tem brincado com fogo, que tem se metido em traquinagens, como sempre — disse o professor, e castigou Edmund mais do que nunca. O professor era ignorante e cético, mas me disseram que nem todos os professores são assim.

Um dia, Edmund fez uma nova lanterna usando um químico que pegou do laboratório da escola. E saiu com ela explorando de novo para ver se conseguia encontrar a origem dos outros tipos de ruídos. Em outra parte da montanha, ele encontrou uma passagem escura, revestida de latão, de modo que parecia o lado de dentro de um enorme telescópio. No fim dela, encontrou uma brilhante porta verde. Havia uma placa de latão na porta na qual se lia: "SRA. D., BATA NA PORTA E TOQUE A CAMPAINHA", e uma placa branca na qual se lia: "LIGUE PARA MIM ÀS TRÊS". Edmund tinha um relógio que havia ganhado de aniversário dois dias antes, e ainda não tinha tido tempo para desmontá-lo para entender o mecanismo, por isso ainda estava funcionando. O menino

olhou para ele, que mostrava que faltavam quinze minutos para as três.

Eu já falei que Edmund era um menino de bom coração? Ele se sentou na escada de latão e esperou até três horas. Então, bateu na porta e tocou a campainha, e ouviu batidas e baforadas do lado de dentro. A grande porta se abriu com tudo; Edmund só teve tempo de se esconder atrás dela quando uma enorme dragoa amarela saiu e desceu pela caverna de latão como uma minhoca comprida e barulhenta — ou talvez uma centopeia monstruosa.

Edmund saiu lentamente e viu a dragoa se esticando nas rochas ao sol. Ele passou pela grande criatura, desceu o morro em direção à cidade e entrou na escola, gritando:

— Tem uma enorme dragoa vindo! Alguém precisa fazer algo, ou todos seremos destruídos.

Ele foi castigado por mentir imediatamente. O professor não era de postergar um dever.

— Mas é verdade — protestou Edmund. — Você vai ver se não é.

Ele apontou para fora da janela, e todos viram uma grande nuvem amarela subindo acima da montanha.

— É só uma tempestade de trovões — disse o professor, e castigou Edmund mais do que nunca. Esse professor não era como alguns professores que conheço, era muito obstinado, e não acreditava nem nos próprios olhos quando estes lhe diziam algo diferente do que ele vinha dizendo.

Por isso, enquanto o professor escrevia "Mentir é muito errado e mentirosos devem ser castigados. É para o bem deles" no quadro negro para que Edmund copiasse setecentas vezes, o menino fugiu da escola e correu a toda pela cidade para avisar a avó, mas ela não estava em casa. Então, ele passou pelo portão dos fundos da cidade e correu até a montanha para contar à cocatriz e pedir ajuda. Edmund não tinha dúvidas de que ela acreditaria nele. O menino tinha ouvido suas muitas histórias maravilhosas e tinha acreditado em todas, e quando você acredita em todas as histórias de uma pessoa, essa pessoa deve acreditar nas suas. É justo que assim seja.

Na boca da caverna da cocatriz, Edmund parou, sem fôlego, para olhar para a cidade. Enquanto corria, sentia as pernas tremerem e perderem força quando as sombras da grande nuvem amarela o cobriam. Naquele momento, ele estava mais uma vez entre a terra quente e o céu azul, e olhou para baixo, para o campo verde salpicado de árvores frutíferas e fazendas com casas de telhado vermelho e plantações de milho cor de ouro. No meio estava a cidade cinzenta, com seus fortes muros com aberturas para os arqueiros, e suas torres quadradas com aberturas para despejar chumbo derretido na cabeça de desconhecidos, suas pontes e seus campanários, o rio silencioso emoldurado por chorões e amieiros, e o agradável jardim no meio da cidade, onde as pessoas se sentavam nos feriados para fumar seus cachimbos e ouvir a banda.

Edmund viu tudo aquilo, e viu, também, atravessando o campo, marcando o caminho com uma linha preta, uma vez que tudo perecia ao seu toque, a grande dragoa amarela, e viu que ela era muitas vezes maior do que a cidade toda.

— Ah, minha pobre e amada avó — lamentou Edmund, pois tinha um coração sensível, como eu já devo ter comentado.

A dragoa amarela se aproximava mais e mais, lambendo os beiços famintos com a língua vermelha e comprida, e Edmund sabia que na escola o professor ainda estava lecionando, sem acreditar nadinha na sua história.

— Ele vai ter que acreditar nela em breve, de qualquer forma — disse Edmund a si mesmo.

Apesar de ser um menino de coração bom — e acho que é justo dizer que de fato era —, receio que Edmund não tenha lamentado tanto quanto deveria ao pensar na maneira como seu professor aprenderia a acreditar no que ele dizia. Então, a dragoa abriu mais a boca, mais e mais. O amável Edmund fechou os olhos, pois, apesar de seu professor estar na cidade, não quis ver algo tão horrível.

Quando abriu os olhos de novo, não havia mais cidade, apenas um vazio onde ela estivera antes e a dragoa lambendo os beiços e se enrolando para dormir, assim como um gatinho faz quando termina de comer um rato. Edmund arfou uma ou duas vezes e correu para dentro da caverna para contar à cocatriz.

— Bem — disse a criatura de modo pensativo, depois de ouvir a história. — E agora?

— Acho que você não entendeu muito bem — respondeu Edmund com delicadeza. — A dragoa engoliu a cidade.

— Isso importa? — perguntou a cocatriz.

— Mas eu vivo ali!

— Não importa — disse a cocatriz, virando-se na piscina de fogo para esquentar o outro lado, porque Edmund havia, como sempre, esquecido de fechar a entrada da caverna. — Pode viver aqui comigo.

— Acredito que não deixei minha intenção clara — respondeu Edmund com paciência. — Minha avó está na cidade, e eu não suportaria perdê-la dessa forma.

— Não sei o que pode ser uma avó — disse a cocatriz, que parecia estar se cansando do assunto —, mas se é algo importante para você...

— Claro que é — confirmou Edmund, perdendo a paciência, por fim. — Ah, ajude-me. O que posso fazer?

— Se eu fosse você — disse a amiga, espreguiçando-se na piscina de labaredas de modo que as ondas a cobrissem até o queixo —, eu encontraria o drakling[3] e o traria aqui.

— Mas por quê? — perguntou Edmund. Ele havia adotado o costume de perguntar os porquês na escola, e o professor sempre achou isso exaustivo. Quanto à cocatriz, ela não suportaria aquele tipo de coisa nem por um momento.

— Ah, não fale comigo! — ordenou, chapinhando com raiva nas chamas. — Eu o aconselho, você aceita ou não. Não vou mais me incomodar com você. Se trouxer o drakling para mim, eu lhe direi o que fazer em seguida. Se não, não.

A cocatriz se cobriu com o fogo até os ombros, aconchegou-se nele e foi dormir.

- - - - - - - - - - -

[3] Criatura fantasiosa que lembra um besouro ou quilópode com características dracônicas. [N. E.]

Aquele era exatamente o modo certo de lidar com Edmund, mas ninguém tinha tentado antes.

Ele ficou por um momento olhando para a cocatriz. Ela olhou para Edmund pelo canto do olho e começou a roncar bem alto, e o menino compreendeu, de uma vez por todas, que ela não toleraria aquela bobagem. Ele passou a respeitar muito a criatura a partir daquele momento, e partiu logo para fazer exatamente o que mandaram, talvez pela primeira vez na vida.

Apesar de cabular aula com frequência, Edmund sabia de uma ou duas coisas que talvez você não saiba, apesar de sempre ter sido muito bom e ter frequentado a escola com assiduidade. Por exemplo, ele sabia que um drakling é um dragão bebê, e tinha certeza de que o que tinha que fazer era encontrar o terceiro dos três sons vindos das montanhas. Claro, o cacarejo tinha sido a cocatriz, e o barulho alto como um homem adormecido depois do jantar tinha sido a grande dragoa. Assim, o ronco mais baixo devia ser do drakling.

Confiante, Edmund se embrenhou nas cavernas, procurou e vagou, vagou e procurou e, por fim, chegou a uma terceira porta; nela estava escrito "O BEBÊ ESTÁ DORMINDO". À frente da porta havia cinquenta pares de sapatos de cobre, e qualquer um que olhasse para eles por um momento que fosse notaria para que tipo de pés eram feitos, porque cada sapato tinha cinco buracos para as cinco garras do drakling. E havia cinquenta pares porque o drakling havia puxado à mãe, e tinha cem pés, nem mais, nem menos. Ele era o tipo chamado *Draco centipedis* nos livros.

Edmund estava bem assustado, mas se lembrou da expressão séria da cocatriz, cujo ronco insistente ainda soava em seus ouvidos, apesar do ronco do drakling que era, por si, considerável. Ele tomou coragem, abriu a porta e gritou:

— Olá, seu drakling. Saia da cama agora mesmo.

O inseto parou de roncar e disse, sonolento:

— Não é o momento ainda.

— Sua mãe disse que é. Se arrume, depressa — ordenou Edmund, reunindo coragem pelo fato de o drakling ainda não o ter comido.

O inseto suspirou, e Edmund conseguiu ouvi-lo sair da cama. Em seguida, saiu do quarto e começou a calçar os sapatos. Não era tão grande quanto a mãe, só mais ou menos do tamanho de uma capela.

— Depressa — disse Edmund, enquanto o drakling calçava, desajeitado, o septuagésimo sapato.

— Mamãe falou para eu nunca sair sem meus sapatos — retrucou o drakling. Assim, Edmund teve que ajudá-lo a calçá-los. Demorou um tempo, e não foi uma tarefa agradável.

Por fim, o drakling avisou que estava pronto, e Edmund, que havia se esquecido de sentir medo, disse:

— Vamos. — E eles foram até a cocatriz.

A caverna era bem estreita para o drakling, mas ele se afinou, como você pode ter visto uma minhoca gorda fazer quando quer passar por uma fenda estreita no solo duro.

— Aqui está — disse Edmund.

A cocatriz acordou de imediato e pediu ao drakling, com muita educação, para que se sentasse e esperasse.

— Sua mãe chegará logo — avisou a criatura, atiçando o fogo.

O drakling se sentou e esperou, observando o fogo com olhos famintos.

— Desculpe — disse por fim —, mas estou acostumado a tomar uma bacia de fogo assim que levanto, e me sinto meio fraco. Posso?

Ele esticou uma garra em direção à bacia.

— Com certeza não — respondeu a cocatriz, rispidamente. — Onde você foi criado? Não lhe ensinaram que "não se deve pedir tudo o que se vê"? Hein?

— Desculpe — pediu o drakling, com humildade —, mas estou mesmo com *muita* fome.

A cocatriz chamou Edmund para o lado da bacia e sussurrou em seu ouvido por tanto tempo que um lado do cabelo do menino ficou chamuscado. E ele não interrompeu a criatura nem uma vez para perguntar por quê. Mas quando o sussurro chegou ao fim, Edmund — cujo coração, como eu posso ter mencionado, era muito sensível — disse ao drakling:

— Se está com muita fome, coitadinho, posso mostrar onde tem muito fogo. — E partiu pelas cavernas, com o drakling atrás dele.

Quando Edmund chegou ao local certo, parou.

Havia uma coisa redonda de ferro no chão, como aquelas em que os homens jogam carvão, mas muito maior. Edmund a ergueu com um gancho que estava preso em um dos lados, e uma onda de ar quente subiu e quase fez com que ele se engasgasse. Mas o drakling se aproximou e olhou para baixo com um olho, farejando, e disse:

— Isso cheira bem, não?

— Sim — respondeu Edmund —, bem, é o fogo no meio da Terra. Há muito dele, pronto para ser deliciado. Pode descer e começar seu desjejum, que tal?

O drakling se enfiou na abertura e começou a rastejar mais e mais depressa pelo poço estreito que levava ao fogo no meio da Terra. Edmund, fazendo da maneira exata como tinha sido instruído, surpreendentemente, segurou a ponta da cauda do drakling e passou o gancho de ferro por ela, prendendo-o. O inseto não conseguia se virar e se remexer para soltar a cauda, porque, como todo mundo sabe, é muito fácil descer até o fogo, mas é quase impossível voltar a subir. Há uma expressão em latim, que diz: "*Facilis descensus*".

Assim, o drakling ficou ali, preso pela cauda, e Edmund, parecendo muito ocupado, com ar de importante e satisfeito consigo mesmo, correu de volta para a cocatriz.

— Pronto — avisou.

— Muito bem — disse a criatura. — Vá à boca da caverna e ria da dragoa para que ela possa ouvir você.

Edmund quase perguntou por que, mas parou a tempo e, em vez disso, argumentou:

— Ela não vai me ouvir...

— Ah, muito bem — zombou a cocatriz. — Com certeza você sabe o que está fazendo. — E começou a se aconchegar de novo no fogo, então Edmund fez o que foi pedido.

Quando começou a rir, sua risada ecoou na boca da caverna até parecer a risada de um castelo cheio de gigantes.

A dragoa, deitada adormecida ao sol, acordou e perguntou muito irritada:

— Do que você está rindo?

— De você — disse Edmund, e continuou rindo.

A dragoa aguentou o quanto pôde, mas, como todo mundo, não suportava quando riam dela. Assim, arrastou-se montanha acima muito lentamente, pois havia acabado de fazer uma refeição pesada. Quando chegou do lado de fora da caverna, disse:

— Do que está rindo? — E sua voz fez Edmund sentir que não deveria rir nunca mais.

Então, a cocatriz gritou:

— De você! Comeu seu próprio drakling... Você o engoliu com a cidade. Seu próprio besourinho! He-he-he, ha-ha-ha!

E Edmund reuniu coragem para gritar:

— Ha-ha! — Que soou como uma enorme risada no eco da caverna.

— Minha nossa — disse a dragoa. — Achei *mesmo* que a cidade estava presa na minha garganta. Preciso tirá-la e analisá-la com mais cuidado.

Ela tossiu e cuspiu, e ali estava a cidade, na encosta da montanha.

Edmund tinha corrido para perto da cocatriz, que disse a ele o que fazer. Então, antes de a dragoa ter tempo de procurar pela cidade em busca de seu filhote, a voz do drakling foi ouvida, um lamento de dentro da montanha, porque o menino estava prendendo sua cauda com o máximo de força possível na porta de ferro redonda, como aquelas dentro das quais os homens jogam carvão.

A dragoa ouviu o choro e disse:

— Bem, o que pode ter acontecido com o bebê? Ele não está aqui!

A fera se afinou e entrou na montanha em busca de seu drakling. A cocatriz continuou rindo o mais alto que podia, e Edmund continuou apertando a cauda. Naquele momento, a grande dragoa — que tinha se tornado muito comprida e fina —, bateu a cabeça na tampa de ferro da abertura redonda. Sua cauda ficou um ou dois quilômetros para fora da montanha. Quando Edmund notou sua aproximação, deu uma última beliscada na cauda do drakling, ergueu a tampa e ficou atrás dela, de modo que a dragoa não conseguia vê-lo. Então, soltou a cauda do drakling do gancho, e a fera espiou pela abertura a tempo de ver a cauda de seu filhote desaparecer pelo poço estreito com um último gemido de dor. Por mais defeitos que a pobre dragoa pudesse ter, era uma mãe excelente. Ela mergulhou de cabeça no buraco e escorregou pelo poço atrás de seu bebê. Edmund viu a cabeça desaparecer primeiro, e então, o resto do corpo. Ela era tão comprida, ainda mais depois de se afinar, que demorou a noite toda. Foi como ver um trem de carga passar pela Alemanha. Quando a última parte da cauda passou, Edmund fechou a porta de ferro com força. Ele era um menino de bom coração, como vocês já devem ter notado, e ficou feliz de pensar que a dragoa e o filhotinho agora teriam muito de seu alimento preferido para comer, para sempre.

Edmund agradeceu à cocatriz por sua gentileza, e chegou em casa a tempo de tomar café e chegar à escola às nove. Claro, ele não poderia ter feito isso se a cidade estivesse no mesmo lugar de antes, perto do rio, no meio da planície, mas ela havia criado raízes na encosta, exatamente onde a dragoa a havia deixado.

— Bem — disse o professor —, onde você esteve ontem?

Edmund explicou, e o professor o castigou por mentir.

— Mas é verdade — protestou Edmund. — Minha nossa, a cidade toda foi engolida pela dragoa. Sabe que foi…

— Que bobagem — retrucou o professor. — Houve uma tempestade e um terremoto, só isso. — E castigou Edmund mais do que nunca.

— Mas — disse o menino, que sempre reclamava, mesmo nas circunstâncias menos favoráveis —, como explica que a cidade esteja na encosta da montanha agora, e não perto do rio, como antes?

— *Sempre* esteve na encosta da montanha — respondeu o professor.

E a classe toda concordou, porque eles tinham bom senso, sabiam que não deveriam discutir com uma pessoa que podia castigá-los.

— Mas veja os mapas — argumentou Edmund, que não se deixava vencer em um debate, por mais que doesse. O professor apontou o mapa na parede.

Ali estava a cidade, na encosta da montanha! E ninguém além de Edmund conseguia ver que, claramente, o choque de serem engolidos pela dragoa havia abalado todos os mapas e deslocado tudo.

Então, o professor castigou Edmund de novo, explicando que, daquela vez, não era por mentir, mas pelo costume vergonhoso de sempre contra-argumentar. Isso mostra como o professor de Edmund era ignorante e preconceituoso — muito diferente do diretor da ótima escola onde seus bons pais fizeram a gentileza de matricular você.

No dia seguinte, Edmund pensou que provaria o que estava dizendo ao mostrar para as pessoas a cocatriz, e chegou a convencer algumas a entrarem na caverna com ele, mas a criatura havia se trancado e não abria a porta. Assim, Edmund não conseguiu nada, exceto uma bronca por fazer as pessoas perderem seu tempo.

— Perda de tempo — disseram —, e nada de cocatriz.

O pobre Edmund não pôde fazer nada, apesar de saber que estavam enganados. A única pessoa que acreditava nele era a avó. Mas ela era muito velha e muito gentil, e sempre dizia que ele era o melhor dos meninos.

Só uma coisa boa saiu dessa longa história. Edmund nunca mais foi o mesmo menino. Ele não contra-argumenta mais como antes, e concordou em ser aprendiz de chaveiro, para que um dia pudesse abrir a fechadura da porta da cocatriz, e saber mais algumas coisas que as outras pessoas não sabem.

Mas agora ele já é um homem de idade, e ainda não conseguiu abrir a tal porta!

AGRA DECI MEN TOS

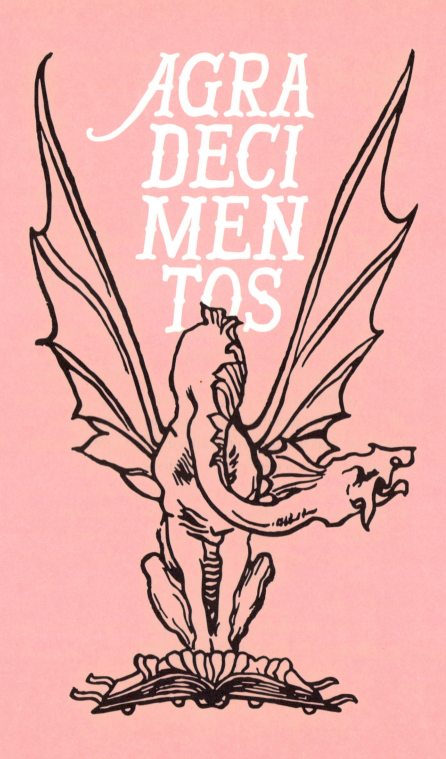

Dragões devem ser as criaturas mais conhecidas do universo fantástico atual. Estão presentes em mitologias de quase todas as partes do mundo, variando entre répteis cuspidores de fogo, serpentes voadoras e, na cultura pop, conhecemos até seus nomes: o clássico Smaug, em *O Hobbit*, Drogon, de *A Guerra dos Tronos*, Falkor, de *A História sem Fim*, Mushu, na animação *Mulan*, Banguela, em *Como Treinar o Seu Dragão*, Haku, de *A Viagem de Chihiro*, entre tantos outros.

Acredita-se, entre outras teorias, que a mitologia do dragão possa ter surgido quando sociedades antigas observaram ossadas de baleias, dinossauros, crocodilos e mamutes. Até os últimos séculos, não havia tecnologia suficiente para que animais fossem classificados e desenhados corretamente, então dragões, em muitos bestiários medievais, eram conhecidos como feras reais, não fantasiosas. Após a popularização da prensa de Gutemberg (1440 d.C.), um maquinário utilizado para imprimir livros em massa, barateando exemplares e permitindo maior acessibilidade, cientistas de todo o mundo puderam avaliar criticamente a existência de muitos animais e diferenciar, aos poucos, os reais dos folclóricos.

Estamos felizes de publicar esta obra inédita no Brasil em conjunto com mais de 1.300 aventureiros que apoiaram a campanha de financiamento coletivo, permitindo que *O Livro dos Dragões* esteja hoje em suas mãos. Agradecemos de coração a cada um de vocês, e desejamos que seus dragões da sorte sempre os acompanhem!

APOIADORES

A-E Adélia Ornelas, Adriana Aparecida dos Santos, Adriana Aparecida Montanholi, Adriana De Godoy, Adriana Ferreira de Almeida, Adriana Satie Ueda, Adriana Souza, Adriana Vicente Cardozo da Silva, Adrianna Alberti, Adrieli Fernanda Ribeiro, Adrielle Cristina dos Reis, Adrielli de Almeida, Aedan Gribnoy, Ágabo Araújo, Ágata Rodrigues, Agatha Melo Roque, Ailton Santos, Alan de Lima Cassiano, Alba Regina Andrade Mendes, Alejandro Jônathas e Kívia Gomes, Alessandra de Souza de Macedo Lopes, Alessandra Gonçales Prevital de Siqueira, Alessandra Leire Silva, Alessandra Resende de Avila Afonso, Alessandra Simoes, Alessandro Martim Marques, Alex André (Xandy Xandy), Alex R. de A. Marques, Álex Souza, Alexandre Galhardi, Alexandre Nóbrega, Alexandre Oliveira, Alexandre Rittes Medeiros, Alexandre Roberto Alves, Alexandre Schiavetti, Alexia Angélica Borges Américo, Alexia Bittencourt Ávila, Aléxia Carvalho, Alice Antunes Fonseca Meier, Alice Ayumi Leão Salles, Alice da Silva Matos, Alice Eliza Noronha de Lima, Alice Honjo, Alice Maria Marinho Rodrigues Lima, Alice Moretto Martins Zuquer, Alien Undórave Cllawmien., Aline A Queiroz Rodrigues, Aline Barros Brutti, Aline Bosco, Aline de Andrade Barbosa, Aline de Rosa Lima, Aline Ferreira do Carmo, Aline Fiorio Viaboni, Aline Flôr da Silva, Aline Messias Miranda, Aline Nunes de Souza, Aline Salerno G. de Lima, Aline Soares Silveira, Aline Viviane Silva, Allan Davy Santos Sena, Alline Rodrigues de Souza, Altair Andriolo Filho, Alyne Maricy Rosa, Amanda Akimoto, Amanda Coelho Figliolia, Amanda Coutinho Iosimura, Amanda Diva de Freitas, Amanda Lidiane dos Santos Johner, Amanda M Bernardo, Amanda Martinez, Amanda Nemer, Amanda Pampaloni Pizzi, Amanda Perim Teixeira, Amanda Seneme, Amanda Vieira Rodrigues, Amauri Caetano Campos, Amon Cardoso Estork, Amy N. Maitland, Ana Amelia, Ana Beatriz Ribeiro, Ana Carolina Andrade, Ana Carolina Reis, Ana Carolina Silva Chuery, Ana Carolina Wagner Gouveia de Barros, Ana Caroline Oliveira, Ana Clara Galli, Ana Claudia Sato, Ana Claudia Tavares Miranda, Ana Cláudia Tavares Miranda, Ana Elisa Spereta, Ana Emilia Quezado de Figueiredo, Ana Gabriela Barbosa, Ana Lethicia Barbosa, Ana Letícia Oliveira Cadena, Ana Letícia Pires dos Santos, Ana Lígia Martins Fernandes, Ana Luíza Martins da Costa e Silva, Ana Luiza Mendes Mendonça, Ana Luiza Poche, Ana Luiza Santos do Nascimento, Ana Maria Assed, Ana Maria Cabral de Vasconcellos Santoro, Ana Maria Polli, Ana Maria Santana Vasconcelos, Ana Paula da Cruz Squassoni, Ana Paula de Carvalho Acioli, Ana Paula de Faria, Ana Paula Farias Waltrick, Ana Paula Felipe, Ana Paula Garcia Ribeiro, Ana Paula Siemer, Ana Paula Velten Barcelos, Ana Schilling, Ana Videl Ferreira, Ana Virgínia da Costa Araújo, Anastacia Cabo, Anderson Costa Soares, André de Albuquerque Brito, André Franciosi, André Luiz Schwanka Gbur, André Orbacan, André Rosa, André Stenico, Andrea Karla Lins Campos Ribeiro, Andrea Mattos, Andreia Ferezin, Andresa Klabunde, Andressa Artero, Andressa Astolpho Almada, Andressa Ledesma, Andressa Oliveira, Andressa Popim, Andressa Wursthorn,

Andrieli Nascimento, Angelica Giovanella Botelho Pereira, Angelica Vanci da Silva, Angelina Gomes Caletti, Angély Miller, Anna Carolina Alencar Santos, Anna Claudia Simioni Nantes de Abreu, Anna Luísa Barbosa Dias de Carvalho, Anna Ravaglio, Anne Calland Serra de Sousa, Antônia Costa Vitorino, Antonio Claudio Zeituni, Antonio Ricardo Silva Pimentel, Arcelana Evigade Silva Santos, Ariadne Erica Mendes Moreira, Ariadne Fantesia de Jesus, Ariel A. Carvalho, Arlena Mariano Oliveira, Arnôr Licurci de Souza, Arthur Alves da Conceiçao, Arthur Nascimento, Arthur Pinto de Andrade, Aryane Rabelo de Amorim, Atália Ester Fernandes de Medeiros, Athos Assumpção, Audrey Albuquerque Galoa, Audrey Mistris, Aurora Cristina Bunn Vieira da Silva, Ayrie Costa, Bárbara Abreu, Barbara Cadalço Swoboda Barreto, Bárbara de Almeida Santos, Bárbara de Lima, Bárbara Góes, Barbara Helena Hostim Moreira, Bárbara Lima, Bárbara Molinari R. Teixeira, Bartira Cabral da Silveira Grandi, Beatriz Barroso Gomes, Beatriz Canelas, Beatriz Castilho, Beatriz de Paula Ribeiro Langowiski, Beatriz Galindo Rodrigues, Beatriz Leonor de Mello, Beatriz Mendes Silva, Beatriz Mercuri Alvarenga, Beethoven Robin Hood, Bento José Pio, Bianca Carine Cardoso Ferreira, Bianca Cristina Parreiras, Bianca Mendes da Silva, Blume, Bosque dos Gnomos, Bratja, Brenda Broska Teodoro, Breno Durço Coimbra, Bruna Andressa Rezende Souza, Bruna Back dos Santos, Bruna Cardoso Bezerra Iosimura, Bruna Christine, Bruna de Lima Dias, Bruna de Oliveira Vilas Bôas, Bruna França Lodetti, Bruna Grazieli Proencio, Bruna Marques Figueirôa, Bruna P. Cestari e Sarah M. Leite, Bruna Sanguinetti, Bruna Santana Alencar Correia, Bruna Tavares, Brunno Marcos de Conci Ramírez, Bruno Arco Emidio, Bruno de Oliveira, Bruno Ereno, Bruno F. Oliveira, Bruno Figueiredo Caceres, Bruno Fiuza, Bruno Franco Moraes de Almeida, Bruno Gutierrez Carnaes, Bruno Moulin, Bruno Novaes Bezerra Cavalcanti, Bruno Santos, Bruno Soares Pinto Costa, Bryan Khelven, Caio César Hamasaki, Caio Degaspari, Caio Henrique Toncovic Silva, Caio Matheus Jobim, Caio Pimentel, Camila Alves Moreira Lima, Camila Atan Morgado Dias, Camila Costa Bonezi, Camila de Oliveira Freitas, Camila de Paula Bentes Pessoa, Camila Feijó Minku, Camila Linhares Schulz, Camila Luchiari, Camila Marinho Ribeiro Magalhães, Camila Mayra Bissi, Camila Paoletti, Camila Pecoraro, Camila Rolim da Silva, Camila Salmazi, Camila Schwarz Pauli, Camila Soares Marreiros Martins, Camila Tiemi Oikawa, Camila Villalba, Camilla Fonseca, Camilla Nor, Camilla R Monteiro, Camilla Sá, Camille Cardoso de Faria Brito, Camille Pezzino, Carla Bianca Ximenes Mendonça Paula, Carla Dombruvski, Carla Malavazzi, Carla Marques, Carla Praes, Carla Santos, Carla Spina, Carlos Calmon, Carlos Eduardo de O. M. Ferreira, Carlos Emanuel C. P. da Silva, Carlos Henrique Ribeiro Cardoso, Carol Freitas, Carol Morena Benko Faria, Carol Schäfer, Carola Sanches, Carolayne Resende Santos, Carolina Bianchi, Carolina Branquinho, Carolina Cassiano, Carolina Cozer Bacca, Carolina de Lima Fernandes, Carolina Farias Magalhães, Carolina Garcia, Carolina Lourenço Crosariol, Carolina Silva de Almeida, Carolina Soares Marins Seliguim, Caroline da Cruz Alias, Caroline Dias Gabani, Caroline Fernanda Gallas, Caroline Justino de Sousa, Caroline Lanferini de Araujo, Caroline Pinto Duarte, Cássia Helena, Cássia Lacerda Mantovani, Cassia R. Silva, Catarina Pessôa Kitcat Dragolina, Catarina S. Wilhelms, Catherine Teles, Cecília da Silva, Cecília Ferreira, Cecilia Morgado Corelli, Celine Fonseca C. Soeiro, Celso Luís Dornellas, César A. Pereira, Cesar Lopes Aguiar, Chelsea C. C. Archer Pinto, Ciaran Justel, Cibele Oliveira, Cícero Luiz Alves Zanette, Cinthia Nascimento, Cinthia Vieira Teixeira Dourado, Cintia A. de Aquino Daflon,

Cíntia Cristina Rodrigues Ferreira, Cintia de Carvalho Silva, Clara Daniela Silva de Freitas, Clara de Moraes Souza, Clara Leles, Clara Lemos da Matta Machado Mendes Ferreira, Clarinda Gomes da Silva, Clarissa Maia Batista, Clarissa Portugal, Claudia de Araújo Lima, Cláudia Fusco, Claudia Lemos Arantes, Claudineia J., Claudio Filho, Claudio Tiego Miranda Lopes, Clever D'freitas, Cordeiro de Sá, Cosmelúcio Costa, Cristiane Pinheiro Rodrigues, Cristiane Rodrigues Amarante, Cristiane Tribst, Cristina Glória de Freitas Araujo, Cristina Maria Busarello, Cristina Vitor de Lima, Cristine Martin, Cybelle Lima Soares, Cybelle Saffa, Cynthia Vasconcelos, Cynthia Vitória Lopes da Fonsêca, Daiane Castro Gomes, Daiane Gallas, Daiany Martins Viana, Dalila Souza, Dalva R. Freire, Dandara Matias, Daniel Pereira de Almeida, Daniel Souza Damasceno, Daniel Taboada, Daniela Aparecida da Silva, Daniela Chaves de Brito, Daniela de Oliveira, Daniela Miwa Miyano, Daniela Oliveira, Daniela Toledo, Daniela Vazzoler, Daniele Campos Leite, Daniele Franco dos Santos Teixeira, Danielle Bieberbach de Presbiteris, Danielle de Paula Queiroz Tenório, Danielle de Pinho Mello, Danielle Mendes Sales, Danielle Moreira, Danielle Paiva, Danielle Vieira Palermo, Danilo D. Oliveira, Danilo Fontenele Sampaio Cunha, Danilo Mesquita Caiado, Danilo Oliveira de Souza, Danilo Rezende Carvalho, Danyelle Gardiano, Darlene Maciel de Souza, Darlenne de Azevedo Brauna, Dausee, Davi Augusto Trauer Linhares Cirino dos Santos, Davi Bechara Polignano, David Ernando da Silva, David Nonato Cruz, Dayana Aparecida da Silva Ribeiro, Dea Chaves, Débora Canha Ruiz, Débora Cristina Dal Prá, Débora dos Santos Cotis, Déborah Araújo, Deborah Estevam, Deborah Xavier, Deigma Natália Feitosa de Moraes, Denise Ramos Soares, Denise Sena de Oliveira, Denise Simone de Souza Tiranti, Desirê Vosch, Desirée Maria Fontineles Filgueira, Dheyrdre Machado, Dhuane Caroline Monteiro da Silva, Di Acordi, Diego de Oliveira Martinez, Diego Felix Dias, Diego Guerra, Diego Rodrigues Ferreira, Diego Seibert Lyrio Bragança, Diego Villas, Diogo Gomes, Diogo José Pereira Braga, Diogo Nunes dos Santos, Diogo Sponchiato, Douglas Santos Rocha, Douglas Wallace Chawan dos Santos, Driele Andrade Breves, Drieli Avelino, Duane Santos, Dyuli Oliveira, Eddie Carlos Saraiva da Silva, Editora Madrepérola, Eduarda de Lima Amado Machado, Eduarda Martinelli de Mello, Eduarda Teixeira Gomes, Eduardo Fabro, Eduardo Maciel Ribeiro, Eduardo Victor Santana dos Anjos, Eduardo Vinicius, Eduardo Wieczorek Figliolia, Elaine Barros Moreira, Elaine Kaori Samejima, Elen Faustino Garcias, Eleonora Batista Leão Ferreira, Eliane Barbosa Delcolle, Eliane Barros de Carvalho, Eliane Barros de Oliveira, Eliane Gueller, Eliane Mendes de Souza, Elis Mainardi, Elisa Cristina Bachega Marinho, Elise Amin, Elita Gomes, Eliz Cardoso, Ellias Matheus Braga e Silva, Elora Mota, Emanuel Queiroz, Emanuel V. B. Leite, Emanuelly Cristyne Verissimo Evangelista, Emerson David de Lima Andrade, Emerson Edexs, Emilena Bezerra Chaves, Emilly Soares Silva, Emmanuel Carlos Lopes Filho, Emmanuele Souza Sales de Lima, Emmanuelle Pitanga, Emme Benedicta Caldas Pereira, Enzo Volpe, Éric Reis Paula, Érica Américo de Mattos, Erica Bessauer Denardi, Erica Miyazono, Eriglauber Edivirgens Oliveira da Silva, Erik de Souza Scheffer, Érika Ferraz, Erika Kazue Yamamoto, Erika Lafera, Estephanie Gonçalves Brum, Ester da Silva Bastos, Esthefany Tavares, Esther Caroline Cerqueira, Esther de Sena Leite, Esther Juliene Dorneles, Eurides Hanna Pereira Carneiro, Evana Harket, Evandro Reis Matias, Evans Cavill Hutcherson, Evelin Aparecida de Oliveira, Evellyn Wasser, Evelyn Teixeira Pires, Everton de Paula Mouzer, Everton Paulo Neri de Souza.

F-J Fabiana Araujo Poppius, Fabiana Engler, Fabiana Martins Souza, Fabiano Pereira Lourenço Soares, Fábio Carvalho, Fábio da Silva Duarte, Fabio Eduardo Di Pietro, Fábio Lagemann, Fabíola Cristina Amorim Costa de Queiroz, Fabrício Fernandes, Fabrina Geremias da Rosa, Fabrisia Azevedo, Felipe Antonio Orsati Francisco, Felipe Felix, Felipe Julia de Castro Lemos, Felipe Malandrin, Fernanda Cardonetti Gresele, Fernanda Caroline Furlan, Fernanda Correia, Fernanda Cristina Buraslan Neves Pereira, Fernanda da Conceição Felizardo, Fernanda da Silva Lira, Fernanda Dias Borges, Fernanda F. Lemos, Fernanda Felitti da Silva D'ávila, Fernanda Garcia, Fernanda Gomes de Souza, Fernanda Gonçalves, Fernanda Marília Carolina Araújo, Fernanda Melo Lima Barbosa, Fernanda Morsch, Fernanda Ramalho Pascoto, Fernanda Rocha Lima Fernandes, Fernanda Rodrigues Galdino, Fernanda Rosa de Souza Lessa, Fernanda Santos de Paula, Fernanda Strozack, Fernanda Tavares da Silva, Fernando Basso, Fernando Beker Ronque, Filipe Henrique Coelho Alves, Filipe Motta, Filipe Pinheiro Mendes, Filipe Travanca Pinheiro, Flavia Doniak Melnisk, Flávia Silvestrin Jurado, Flávio Augusto Priori, Flávio dos Santos Campos, Flavio Sacilotto, Franciele Alves Pereira, Francine Cândido, Francisco Ernesto de Andrade Rêgo Júnior, Francisco Roque Gomes, Frederico Emilio Germer, Gabriel, Gabriel Augusto Pedro, Gabriel Barbosa Souza, Gabriel Carballo Martinez, Gabriel de Avila Batista, Gabriel de Faria Brito, Gabriel Dias, Gabriel Farias Lima, Gabriel Guedes Souto, Gabriel Henrique Carneiro de Melo, Gabriel Jurado de Oliveira, Gabriel Manfredini Bueno, Gabriel Morgado Macedo, Gabriel Nogueira de Morais, Gabriel Oliveira Loiola Benigno, Gabriel Pessine, Gabriel Tavares Florentino, Gabriela Andrade e Brito de Souza Vidal, Gabriela Colicigno, Gabriela Costa Gonçalves, Gabriela Maia, Gabriela Mie Ejima, Gabriela Palhares, Gabriela Santos Morgado Barros, Gabrielle Alvares Zalfa, Gabrielle Ferreira Andrade, Gabrielle M S da Rosa, Gabrielle Malinski Nery, Gabryela Nagazawa Hayashi, Gaby Kitty Andrade, Gelly Costa Lima de Oliveira, Genilson Silva Medeiros, Geovana Alves da Luz, Geovanna Gaby Araújo Guimarães, Gio Dev Katsuo Wolsky, Giovana Abreu, Giovana Lopes de Paula, Giovana Narvaes Guedes, Giovani Santos Castro, Giovanna Bordonal Gobesso, Giovanna Braga de Luna, Giovanna Carvalho, Giovanna Dowe, Giovanna Gomes, Giovanna Lusvarghi, Giovanna Rezende Davelli, Giovanna Romiti, Gisele Eiras, Gisele Zorzeto Viani, Giselle de Oliveira Araújo, Gisiane Cabral de Oliveira, Giulia Azevedo Giuberti, Giulia Rinaldis Reato, Glaucia Lewicki, Glauco Henrique Santos Fernandes, Gleicy Pimentel Gonçalves, Gléssia Veras, Gleyce Albuquerque, Graciela Santos, Grasieli Oliveira, Graziela Costa, Guilherme Adriani da Silva, Guilherme Antônio Maia de Almeida Maciel, Guilherme Augusto Codignolle Souza, Guilherme Cardamoni, Guilherme Cunha, Gullivert Silva Nunes, Gustavo Ferlin da Silva, Gustavo Gomes Assunção, Gustavo Junqueira Fernandes, Gustavo Mozer Velasco, Hajama!, Heber Levi, Helen Nonato Cruz, Helena Coutinho, Helena Faria O. Santos Roxa, Helena Queiroz Coutinho, Helena Zubcov, Helil Neves, Hell Cintra, Hellen Hayashida, Heloize Moura, Helton Fernandes Ferreira, Henrique Carvalho Fontes do Amaral, Henrique de Oliveira Cavalcante, Henrique Kowalczuck, Henrique Morais, Herlon Ferreira, Hiago Carvalho Montenegro, Hiago de Oliveira Gomes, Hiago Simeão Netto, Higor Peleja de Sousa Felizardo, Hitomy Andressa Koga, Horrana Quetile Santos Pinto, Humberto P. Teixeira, Iara Ester de Souza, Iara Forte, Igor Aoki, Igor Santos Melo, Ileana Dafne Pereira da Silva, Ingrid Cardoso Machado, Ingrid Godoy, Ingrid Ketlen, Iracema Lauer, Irei Amar, Monica Minski, Irene Diniz, Isabel Gadelha Silva, Isabela Brescia,

Isabela de Almeida Lima, Isabela Dirk, Isabela Duarte Gervásio, Isabela Gomes Santos, Isabela Guimarães, Isabela Oliveira Vilela, Isabela Pessoa Graziano, Isabela Quilodrán, Isabela Resende Lourenço, Isabela Saldanha, Isabela Taranto Moreira de Mello, Isabele de Mendonça Nogueira, Isabella Andrade Souza, Isabella Bicudo de Souza, Isabella Carolina de Oliveira, Isabella Czamanski, Isabella Ferreira Breder, Isabella Miquelanti Pereira, Isabella Porto de Oliveira, Isabelle Maria Soares, Isabelle Salgado, Isadora D'avilla Cerqueira Mendes, Isadora Fátima Nascimento da Silva, Ithamar de Paula Jr., Ivan G. Pinheiro, Ivone de Fatima Frajado Barbosa, Jacqueline Freitas, Jacqueline Santana Teixeira de Freitas, Jader Viana Massena, Jady Cutulo, Jalmir Ribeiro, Janaina de Santana Ramon, Janaína Lopes da Costa, Janine Kuriu Anacleto, Janine Peixoto Bürger de Assis, Jaqueline Matsuoka, Jaqueline Rezende de Santana, Jaqueline Ribeiro, Jaqueline Rufino, Jaqueline Soares Fernandes, Jasmim, Jayme da Silva Portes, Jean Ricardo Freitas, Jeferson Carrilho Martins, Jeisy Guzzoni, Jelza Maria Guimarães, Jenifer Taila Borchardt, Jennifer Mayara de Paiva Goberski, Jessica Bocatti, Jéssica Caroline da Silva, Jéssica Gubert, Jéssica Lustosa, Jéssica Monteiro da Costa, Jessica Mour, Jéssica Nicoli Chiabi Duarte Burgos, Jéssica Penha de Almeida, Jéssica Pereira de Oliveira, Jessica Pipoca, Jéssica Priscila, Jéssica Ribeiro Nunes, Jessica Rodrigues Ramalho, Jéssica Tamara dos Santos Silva, Joana Barbosa, Joana Ceia Costa, Joana Fernandes, Joana Sudbrach Paz, João Amadeu N Vieira, João de Souza Neto, João e V V Vitonis, João Gabriel Pennacchi, João Lucas Boeira, João Neto Queiroz Sampaio, João Paulo Cavalcanti de Albuquerque, João Pedro da C. Pacheco, João Pedro Moretti, João Vitor B., João Vítor de Lanna Souza, John Lucas, Joice Mariana Mendes da Silva, Joiran Souza Barreto de Almeida, Jonas Juscelino Medeiros dos Santos, Jonathan Castro da Silva, Jorge Lisbôa Antunes, José Bauls, Jose Carlos de Barros Junior, José Eduardo Goulart Filho, José Guilherme Salvador Silva, José Paulo da Rocha Brito, Josevaldo Lima, Josiane Santiago Rodrigues, Josimari Zaghetti Fabri, Josy Farias, Jota Rossetti, Jotapluftz, Joyce Braga, Joyce Ramos da Silva, Joyce Roberta, Júlia, Júlia Artnak, Júlia Cruz Fialho Santos, Julia de Almeida Prado de Castro Bonafini, Júlia de Almeida Souza, Julia de Campos Palma, Júlia Maria Junkes Serenato, Júlia Nunes, Júlia R. Cunha, Julia Rosa, Juliana Akemi Nakahara, Juliana Bittencourt França, Juliana Carolina Frutuoso Bizarria, Juliana Coluce, Juliana Cunha Carvalho, Juliana Daglio, Juliana Duarte, Juliana Fernandes de Andrade, Juliana Ferreira Gueiros da Silva, Juliana Ingrid Gordiano Sampaio, Juliana Jesus, Juliana Mazini Alves, Juliana Messina Lopes, Juliana Mourão Ravasi, Juliana Renata Infanti, Juliana Ruda, Juliana Silveira Leonardo de Souza, Juliana Soares Lara de Lima, Juliana V Paiva, Juliane Millani, Juliane R. Chaves, Juliano Lopes, Júlio César Ribeiro de Oliveira, Jullye Kethaly Martins, Julyane Silva Mendes Polycarpo, June Alves de Arruda.

K-O Kabrine Vargas, Kalane Assis Moura, Kamila J Paixão, Kamila Sousa, Karen Jammille Figueiredo Nascimento Enes, Karen Käercher, Karen Lopes Araki, Karen Renata da Silva, Karina Beline, Karina Cabral, Karina Cássia Rodrigues, Karina Natalino, Karine Lemes Büchner, Karine Sutil Santos, Karla Betina Coletti, Karla Regina Medeiros Lima da Conceição, Karly Cazonato Fernandes, Karoline Souza Santos, Kássio Alexandre Paiva Rosa, Katherine Soares Costa Monteiro, Katia Cristina Fagundes Faria, Kátia Leite Borges, Katia Regina Machado, Katielle Borba, Katy Miranda, Kecia Santos,

Keize Nagamati Junior, Keury Rocha Pereira, Kevynyn Onesko, Keyllamar Silva Pires de Oliveira, Keynesiana Macêdo Souza, Lady Sybylla, Laís Azevedo Carafini, Laís Carvalho Feitosa, Laís Ciancio, Laís Fulgêncio, Laís Napoli, Lais Pitta Guardia, Laís Vicentino, Lara Cristina Freitas, Lara Daniely Prado, Lara Leão Guérios da Silveira, Lara Maria Arantes Marques Ferreira, Larissa, Larissa Bastos Braga Oliveira, Larissa Benvindo de Carvalho, Larissa Bergamini Santos, Larissa de Souza Rocha, Larissa Dias Ferrer, Larissa Fagundes Lacerda, Larissa Gregório, Larissa Hoffmann Sebold, Larissa Lusou, Larissa Raduam Junqueira, Larissa Rocha Andrade, Larissa Sargentelli, Larissa Wachulec Muzzi, Laura Treba da Fonseca, Lauranne A Salvato, Lauro da Silva, Lavínia, Lays Bender de Oliveira, Léa Cintia Fechener Waksman, Leandra Ascenção, Leear Martiniano, Léia Dias, Leila Carvalho Lopes, Leiliane Santos, Lelienne Ferreira, Lenaldo Branco Rocha, Leonardo Bagne, Leonardo de Atayde Pereira, Leonardo Lahoz Melli, Leonardo Ledezma Nunes de Sousa, Leonardo Macleod, Leonardo Spirlandeli Batista, Leonardo Werneck Siriani Ribeiro, Leonor Benfica Wink, Letícia Alves, Letícia Angotti Marta, Leticia Bacellar Motta, Letícia Cintra Silva, Leticia Lessio, Letícia Pacheco Figueiredo, Letícia Pereira Monteiro, Leticia Peron, Letícia Pombares Silva, Letícia Prata Juliano Dimatteu Telles, Letícia Soares de Albuquerque Pereira, Leticia Tinoco, Levinconha, Lia Cavaliera, Liana Moura Fé, Lici Albuquerque, Ligia Ribeiro de Souza, Lila Azevedo, Lilach Prates, Lili & Bibi K. Woyakoski, Lilian Domingos Brizola, Lilian Sawada, Lilly e Melissa Deslandes, Lina, Lívia Andrade Takaki, Lívia Guimarães, Livia Marinho da Silva, Loana Pereira Guedes, Loara D'ambrosi Farion, Loen Fragoso, Lorenna Silva Arcanjo Soares, Lorenzo Gasparoti, Louise Portela Lourenço, Louise Vieira, Louiza Lemos, Loyse Ferreira Inácio Leite, Lpmiilher, Lua Adese, Lua Samela, Luan Cota Pinheiro, Luan Rodrigo, Luana Braga, Luana Carolina Freitas Bizerra, Luana Cristina Tamanini, Luana de Souza, Luana Feitosa de Oliveira, Luana Moura Fé, Luana Muzy, Lucas Benetti, Lucas Braga Moulin, Lucas Camilo Castro de Medeiros, Lucas de Amorim Magalhães, Lucas de Melo Bonez, Lucas Gabriel Moreira Brito, Lucas Lourenço Cunha Bragança, Lucas Silva Ribeiro, Lúcia Serpa, Luciana, Luciana Araujo Fontes Cavalcanti, Luciana Barreto de Almeida, Luciana de Andrade Alongi, Luciana Liscano Rech, Luciana M. Y. Harada, Luciana Maira de Sales Pereira, Luciana Monticelli, Luciana Vieira Cobra, Luciana Vieira da Silva, Luciane Magalhães dos Santos Lobo, Luciano Prado Aguiar, Luciene Kayoko Goya, Luciene Santos, Lucienne Rose, Lucilene Canilha Ribeiro, Lucilia Aralde, Ludmila Beatriz de Freitas Santos, Ludmila Karina Santos Deslandes e Feu, Luis Gerino, Luís Guilherme Bonafé Gaspar Ruas, Luísa Freire, Luisa Helena Rossi Caldas, Luisa Mesquita de Morais, Luísa Monteiro, Luiz Abreu, Luiz Carlos Gomes Santiago, Luiz Felipe Benjamim Cordeiro de Oliveira, Luiz Fernando Cardoso, Luiz Guilherme Alves Alberto, Luiz Guilherme Puga, Luiza Accorsi Lang, Luiza dos Santos Giusti, Luiza Gomes Monteiro Lemos, Luiza Helena Gomes Laier, Luiza Melo Araújo, Luiza Pimentel de Freitas, Luiza Seara Schiewe, Luna Morais, Lunox Store, Lycia Kremer, Lygia Barbosa, Maedina Gomes da Costa, Maiko Carvalho, Maíra Lacerda, Maíra Meyer, Maize Daniela Resende, Manoel Alves (Enoua), Manoela Cristina Borges Vilela Sanbuichi, Marcela Figueiredo Coura Fonseca, Marcela Paula S. Alves, Marcela Victória Aguiar Sachini, Marcelo Costa Medeiros, Marcelo Morelli, Marcia Avila, Marcia R Baldissera, Marciane Maria Hartmann Somensi, Márcio de Paiva Delgado, Marco Antonio Cochiolito, Marco Antonio da Costa, Marcos Adriano Simão Konageski, Marcos Roberto Piaceski da Cruz,

Marcus V. L. Fontana, Margot Lohn, Maria Adelaide Camargo, Maria Batista, Maria Beatriz Abreu da Silva, Maria Cecília Millar Tarcsay, Maria Clara Gonçalves Monteiro de Oliveira, Maria Clara Silvério de Freitas, Maria Cristina Castro, Maria Eduarda Araújo, Maria Eduarda Blasius, Maria Eduarda Mesquita, Maria Eduarda Moraes Meneses, Maria Eduarda Ronzani Gütschow, Maria Elizabeth Scari, Maria Fernanda Britto Rezende Pimenta, Maria Fernanda Cazella, Maria Gabrielle Figueirêdo Xavier, Maria Isabelle Vitorino de Freitas, Maria Júlia Silveira, Maria Luiza Barbosa Correa, Maria Paula da Silva Sousa, Maria Paula Iuki Kühl, Maria Paula Lio, Maria Sena, Maria Vitória Ribeiro de Oliveira, Mariana Albertinase Franzoni, Mariana Brandão, Mariana Cardoso, Mariana de Freitas Gouveia Morais, Mariana Diniz, Mariana dos Santos, Mariana Figueiredo, Mariana G. Lopes, Mariana Lucera, Mariana Miranda Lessa, Mariana P. Ióca, Mariana Rocha, Mariana Sampaio Xavier, Mariana Sorc, Mariane Squisatti Brandão, Marianna Moragas Farage, Maria-Vitória Souza Alencar, Mariel Westphal, Marilda - Thalyta Pereira, Marília Garcia, Marina, Marina Alves Rachid, Marina Barreiros Lamim, Marina Bertachini, Marina Borges, Marina Fernandes de Figueiredo Souza Teixeira, Marina Figueirôa, Marina Lúcia do Chantal Nunes Castelo Branco, Marina Rezende, Marisol Prol, Mariucha Vieira, Marize Siqueira, Marli Molina de Melo, Márlio Aguiar, Martha H. D. Cordeiro, Mateus Donizetti, Mateus Spina, Matheus Goulart, Matheus Maciel, Matheus Naoki Kawashima, Matheus Ryan Ferreira Pereira, Matheus Tomio, Maurício Archanjo Nunes Coelho, May Tashiro, Mayara da Silva Esteves, Mayara Neres, Mayara Silva Bezerra, Mayla Rohweder, Mb Menezes, Meg Ferreira, Melissa Barth, Melisse da Silva Ferreira, Merelayne Regina Fabiani, Michel Moura Akamine Hansen, Michele Calixto de Jesus, Michelle Leite Romanhol, Midiã Ellen White de Aquino, Midiã Lia, Miguel Alencar, Mih Lestrange, Milene Antunes, Milla Christie Freitas Araujo, Millena Suiani Costa, Miller Souza Oliveira, Mima Carfer, Miriam Potzernheim, Monique Braga, Monique C Pantoja, Monique de Paula Vieira, Monique D'orazio, Murillo Venezian, Murilo Almeida de Jesus e Jesus, Murilo de Lavôr Lacerda, Mychelle Pinheiro, Nadine Assunção Magalhães Abdalla, Naiacy de Souza Lima Costa, Naiara Frota Teixeira, Naila Barboni Palú, Najara Nascimento dos Santos, Nara Thaís Guimarães Oliveira, Natacha Ágata de Queiroz Andrade Costa Gontijo, Natália F. Alves, Natalia Fonseca Franco, Natália Fontes, Natalia Fukuda Rocha, Natália Gomes Eiras, Natália Inês Martins Ferreira, Natalia Lopes, Natália Luchesi, Natália Mieko Okamoto, Natalia Noce, Natalia Nunez, Natalia Schwalm Trescastro, Natalia Viera, Natália Wissinievski Gomes, Natalia Zimichut Vieira, Natalie Ethiene, Natalie Kienolt, Natashinha Mk, Natercia Pinto, Nathalia Borghi, Nathália Costa Val Vieira, Nathalia de Lima Santa Rosa, Nathália Gerevini Dias, Nathália Luiz da Silva, Nathan Bisoto Varago, Nathan Diorio Parrotti, Nayara da Silva Santos, Nayara Oliveira de Almeida, Nayara Rosa, Náyra Louise Alonso Marque, Nelson do Nascimento Santos Neto, Nerd Owl Studio, Neyara Furtado Lopes, Nichole Karoliny Barros da Silva, Nícolas Cauê de Brito, Nicole Führ, Nicole Hanashiro, Nicoly Mafra, Nietzscha Jundi Dubieux de Queiroz Neves, Nina Ladeia, Nina Mayumi Leão Salles, Nina Nascimento Miranda, Nivaldo Morelli, Nizia S. Dantas, Ohana Fiori, O'hará Silva Nascimento, Olga Letícia de Souza Araújo, Otávio Nobre Martins Neto.

P-U Paloma Kochhann Ruwer, Paloma R. Cezar, Paloma Torres Michelette, Pamela Félix Soriano Lima, Paola Borba Mariz de Oliveira, Patrícia Ferreira Magalhães Alves, Patrícia Kely dos Santos, Patrícia Matosinhos, Patty Souza, Paula Andrade Souza, Paula Gracielle dos Santos, Paula Helena Viana, Paula Vargas Gil, Paula Zaccarelli, Paulo Gabriel Malheiros Veloso, Paulo Henrique de Lima Maciel, Paulo Pholux, Paulo Vinicius Figueiredo dos Santos, Pedro Augusto Balzani Bezerra, Pedro Christofaro, Pedro Guimarães Capucci, Pedro Henrique Bastos Mouzinho, Pedro Henrique de Oliveira Siqueira, Pedro Henrique Morais, Pedro Jatahy, Pedro Lopes, Pedro Luís Rodrigues de Almeida, Pedro Maia, Pietro Remlinger Mattos, Poliana Silva Rebuli, Polly Caria Lima, Priscila A. F. Alexandre, Priscila Figueira Boni, Priscila Penha Martins, Priscila Souza Giannasi, Priscila Vieira Braga, Priscilla Moreira, Rafael Alves de Melo, Rafael Balbi, Rafael César Vitorino, Rafael de Carvalho Moura, Rafael Henrique Vedovatto Bindillati, Rafael Miritz Soares, Rafael Tadeu Gomes de Abreu, Rafael Wüthrich, Rafaela Barcellos Moura, Rafaela Barcelos dos Santos, Rafaela de Castro Valente Ramos, Rafaela Del Nero, Rafaela Figueiredo Jorge, Rafaela Perez, Rafaella Kelly, Rafaelle Schutz Kronbauer Vieira, Raimundo Nonato da Silva Filho, Raissa Cassemiro Marques, Raissa Ribeiro Martins, Ranulpho, Raphaela Valente de Souza, Raquel Beatriz Bretzke, Raquel Gomes da Silva, Raquel Grassi Amemiya, Raquel Nardelli Ribeiro Preter, Raquel Pedroso Gomes, Raquel Rodrigues Rocha, Raquel Zichelle, Raul Dantas Faria, Raul Morais de Oliveira, Rebeca Fabbris, Rebeca Luisa Passos Ferreira, Rebecca Falcão Viana Alves, Rebecca Vieira, Rebekah Vasconcelos, Regiane da Silva Costa, Reinaldo Adriano Sversuti, Renan Gomes Barcellos, Renan Oliveira Santana, Renata Alessandra Firmino Wanderley, Renata Asche Rodrigues, Renata Bezerra Onofre, Renata de Araújo Valter Capello, Renata de Lima Neves, Renata Oliveira do Prado, Renata Russo, Renata Santos Costa, Renata Vidal da Cunha, Renato Dantas Cruz Junior, Renato Drummond Tapioca Neto, Rhauy Fornazin, Rhayssa Figueiredo de Lira Siqueira, Ricardo Fernandes de Souza, Ricardo Poeira, Ricardo Rizzeto, Rita de Cássia de C. M. Neto, Rita de Cássia Santos Rosa, Roberta Biazus, Roberto Rocha Jr, Robiériem Takushi, Robson Muniz de Souza, Rodney Georgio Gonçalves, Rodolpho Bretanha, Rodrigo Alexandre Sportello, Rodrigo Bobrowski (Gotyk), Rodrigo Bonfim, Rodrigo Mattos, Rodrigo Mendes Danelon, Rodrigo Silveira Rocha, Rodrigo Zambianco Cataroço, Rogéria Lourenço dos Santos, Rogério Correa Laureano, Rogério Duarte Nogueira Filho, Romulo Carneiro de Campos Neto, Roni Tomazelli, Rosea Bellator, Rosineide Rebouças, Rozana O G Moreira, Ruan Matos, Ruan Oliveira, Rubenita Vidal, Rubens Goulart, Ruth da Silva Mira, Ruth Danielle Freire Barbosa Bezerra, Sabrina Lucia Vidigal, Sabrina Melo, Saionara Junges, Sálua Rodrigues Melo, Samanta Ascenço Ferreira, Samih Rangel Cordeiro Muribeca, Samuel da Silva Maestro, Sandra Eduarda Leôncio, Sanndy Victória Franklin, Sara Leticia Demari, Sara Marie N. R., Sara Marques Orofino, Sarah Madeira, Sarah Milanez, Sarah Nascimento Afif, Sarah Rezende Vaz, Sávia Regina Raquel Vieira, Sebastião Alves, Sergio Alves, Shay Esterian, Sheron Alencar, Silmara Helena Damasceno, Silva Neto, Silvana Chiorino Cruz, Silvia H. Perez, Silvio Telles, Simone Elias Haddad Cardoso, Simone Gandrade, Sofia Kerr, Sofia Pereira Linhares de Almeida, Sônia de Jesus Santos, Soren Francis, Stéfane Benetti, Stéfani Lara Galvão, Stefânia Dallas, Stefania Goulart, Stefano Volp, Stella Michaella Stephan de Pontes, Stephanie Rosa Silva Pereira, Stephany Ganga, Suellen Chaves, Suellen Jumes, Susana Fabiano Sambiase, Susanna D'amico Borin, Susie Cardoso, Sylvio Cesar Alves Pedreti,

Tábata Shialmey Wang, Taciana Souza, Taciano Couto Guimarães, Tácio R. C. Correia, Tailine Costenaro, Taílla Portela, Tainara de Abreu, Taís Castellini, Taissiane Bervig, Talita Chahine, Talita Regina Lopes de Oliveira Marques, Talles dos Santos Neves, Tamiris Gomes da Silva, Tânia Borel, Tânia Maria Florencio, Tássia Salazar de Camargo, Tatiana Catecati, Tatiana Morales, Tatiana Oshiro Kobayashi, Tatiana Rocha de Souza, Tatiana Xavier de Almeida, Tatiane de Araujo Silva, Tatiane Pacheco, Tatianne K Martins, Tatianne Karla Dantas Vila Nova, Taynara Jacon, Tayrini Graciana de Borba e Silva, Tereza Cristina Santos Machado, Tereza Leticia, Tereza Letícia, Terezinha de Jesus Monteiro Lobato, Thabata Souza Alves, Thaianne Mayara Silva de Vasconcelos Dias, Thainá Mariane de Souza, Thais Cardozo Gregorio da Silva, Thaís Costa, Thais Guero Fernandes, Thais Marinovic Doro Suehara, Thais Menegotto, Thaís Miranda Cesar, Thais Pires Barbosa, Thais Saori Marques, Thais Tenório, Thais Terzi, Thaís Zadorozny, Thaís Zélia, Thaise Gonçalves Dias, Thaise Moreno Galo Guilherme, Thales Leonardo Machado Mendes, Thales Lima de Afonseca, Thalita Oliveira, Thamyres Cavaleiro de Macedo Alves e Silva, Thamyris Medeiros, Tharsila Tom, Thati Teixeira, Thaynara Albuquerque Leão, Thays, Theyziele Chelis, Thiago Augusto Miguel Bortuluzi, Thiago Carvalho Bayerlein, Thiago Massimino Suarez, Thuane Munck, Tiago Batista Bach, Tiago Carvalho, Tiago de Alexandria, Tiago João de Castro, Tiago Troian Trevisan, Tífani Alves, Trícia Nunes Patrício de Araújo Lima, Tullio Mozart Pires de Castro Araújo, Ulisses Junior Gomes, Úrsula Antunes, Úrsula Lopes Vaz, Úrsula Zacarias.

V-Z Vagner Ebert, Valber Oliveira, Valéria Coutinho Peeeira, Valquíria Homero, Valquíria Sampaio Ortiz, Vandressa Alves, Vanessa Adolpho Santos, Vanessa Akemi Kurosaki (Grace), Vanessa Fernandes, Vanessa Matiola, Vanessa Ramalho Martins Bettamio, Vanessa Santa Brígida da Silva, Verônica Meira Silva, Veronica Vizotto dos Santos, Viagem À Lua Produções, Vicente Castro, Victor, Victor de Goes Cavalcanti Pena, Victor Hugo J. G. Praciano, Victor Ligori Figueiredo, Victória Albuquerque Silva, Victoria Castro, Victória Correia do Monte, Victória Meschini, Victória Regina Machado, Vinícius Dias Villar, Vinicius Vilas Boas Gonçalves, Vitória Catarina de Vargas, Vitória Esteves, Vivian Cristina Klas da Cruz, Vívian Landim, Vivian Ramos Bocaletto, Vivian Raquel Severo e Virna Severo, Viviane Bouços, Viviane Tavares Nascimento, Viviane Vaz de Menezes, Viviane Ventura e Silva Juwer, Wagner L.l. Guimarães, Walderlania Silva Santos, Wanderson Giacomin, Wanner Oliveira, Washington Rodrigues Jorge Costa, Wellida Danielle, Wellington S. Paiva, Wenceslau Teodoro Coral, Weslianny Duarte, Weverton Oliveira, William Ribeiro Leite, Wilma Suely Ribeiro Reque, Wirley Containfer, Wolfgan Jafferson, Yákara Santos, Yara Andrade, Yara Teixeira da Silva Santos - Yara Nolee Nenture, Yasmim Passos, Yasmin Veronese, Yu Pin Fang (Peggy), Yudi Ishikawa.

BOSQUE DOS GNOMOS

APOIADOR MASTER

Escola e Loja Esotérica de Magia Natural

Rua Laura 511, Vila Bastos — Santo André — SP
www.bosquedosgnomos.com.br
instagram.com/bosquedosgnomos
youtube.com/bosquedosgnomos
facebook.com/bosquedosgnomos

"Até mesmo a menor das criaturas pode mudar o rumo do mundo." — J.R.R. Tolkien

LUNOX STORE

APOIADOR MASTER

Livraria Online no Japão

A Lunox Store acredita que livros são mais do que apenas um volume transportável composto por páginas. Para nós, representam refúgio, terapia, paixão, conhecimento e muito mais. É por isso que decidimos trazer para o Japão livros em português, para que, mesmo do outro lado do mundo, os brasileiros que aqui residem possam ter acesso a isso também.

www.lunoxstore.com
Instagram: @_lunoxstore